QUEL CHE AFFIDIAMO
AL VENTO

LAURA IMAI MESSINA

QUEL CHE AFFIDIAMO AL VENTO

PIEMME

Questo romanzo è un'opera di fantasia. Personaggi e situazioni sono invenzioni dell'autore e hanno lo scopo di conferire veridicità alla narrazione. Qualsiasi analogia con fatti, eventi, luoghi e persone, vive o scomparse, è puramente casuale.

Pubblicato per

PIEMME

da Mondadori Libri S.p.A.

Pubblicato in accordo con Grandi & Associati, Milano

ISBN 978-88-566-7463-7

I Edizione gennaio 2020

Anno 2020-2021-2022 - Edizione 7 8 9 10

A Ryōsuke, a Sōsuke e a Emilio,
alle voci che sempre vi accompagneranno

AVVERTENZE

Per la trascrizione dei termini giapponesi, si è utilizzato il sistema Hepburn, secondo il quale le vocali si leggono come in italiano e le consonanti come in inglese. Si segnala inoltre che:

ch è un'affricata sorda come la *c* nell'italiano *cesta*
g è velare come la *g* nell'italiano *galassia*
h è aspirata
j è un'affricata sonora come la *g* nell'italiano *gesto*
s è sorda come nell'italiano *sassi*
sh è una fricativa come *sc* nell'italiano *scenario*
u preceduta da *s* e *ts* (*su* e *tsu*) è quasi muta e assordita
w si pronuncia come una rapida *u*
y è consonantico e si pronuncia come la vocale *i* italiana
z è dolce come la *s* nell'italiano *sbaglio*

Si è mantenuto il segno diacronico sulle parole soggette ad allungamento. Tutti i termini sono resi al maschile in italiano. Seguendo la convenzione giapponese, il cognome precede il nome.

Questa storia è ispirata a un luogo che esiste realmente, a nord-est del Giappone, nella Prefettura di Iwate.

Un giorno, un uomo installò una cabina telefonica nel giardino della sua casa ai piedi di Kujira-yama, la Montagna della Balena, subito accanto alla città di Ōtsuchi, uno dei luoghi più colpiti dallo tsunami dell'11 marzo 2011.

All'interno è posato un vecchio telefono nero, non collegato, che trasporta le voci nel vento.

Migliaia di persone vi si recano in pellegrinaggio ogni anno.

È un trapasso di forme da una vita / ad un'altra.
Concerto in cui / cambia solo l'orchestra. /
Ma la musica resta, è là.

Mariangela Gualtieri

Àlzati, vento del settentrione, vieni, /
vieni vento del meridione, /
soffia nel mio giardino, /
si effondano i suoi aromi. /
Venga l'amato mio nel suo giardino /
e ne mangi i frutti squisiti.

Cantico dei Cantici 4, 8-5, 1 Invito alla sposa

Non regalare, dunque, alla fretta l'amore.

Kojiki

Prologo

Un turbine d'aria schiaffeggiò le piante del vasto giardino scosceso di Bell Gardia.

Per difesa, la donna alzò istintivamente un gomito davanti alla faccia, incurvò la schiena. Subito però tornò cosciente, diritta.

Era giunta prima dell'alba, aveva visto salire la luce ma il sole rimanere nascosto. Aveva scaricato i grossi sacchi dalla macchina: cinquanta metri di plastica del massimo spessore arrotolati a tubo, cilindri di nastro isolante, dieci scatole di chiodi ad anello da agganciare alla terra e un martello con l'impugnatura da donna. Da Conan, l'enorme supermercato di ferramenta, un commesso le aveva chiesto di mostrargli per favore la mano; era per misurarne la presa ma lei era trasalita.

Si era avvicinata rapida alla cabina telefonica, l'aveva vista fragilissima, di zucchero filato e meringa, come assaggiata da una quantità incalcolabile di dita. Il vento già era in tempesta, non c'era più tempo.

Avevano lavorato senza posa sulla collina di Ōtsuchi per buone due ore: lei – per avvolgere nei teloni la cabina, la panchina, il cartello di ingresso e il piccolo arco che annunciava il sentiero – e il vento, che non aveva smesso un momento di colpirla. Talvolta, inconsciamente, si era stretta in un abbraccio in prima persona come faceva da anni quando l'emozione la sopraffaceva, ma poi ogni volta era tornata in piedi, aveva stirato la schiena e si era posta con sfida contro il banco di nubi che copriva ormai completamente la collina.

Solo alla fine, quando le parve addirittura di trovarsi in bocca il sapore del mare, come se l'aria fosse salita a tal punto da basso da capovolgere il mondo, si era fermata. Si era seduta esausta sulla panchina avvolta come un baco da seta, le suole già gonfie di terra.

Se il mondo cadeva, si disse, lei sarebbe caduta con lui; ma se vi era anche una sola possibilità di tenerlo in piedi, magari pure in un goffo equilibrio, avrebbe speso ogni granello residuo di energia per aiutarlo.

La città giù ancora dormiva. Qualche lampadina si era accesa a colorare le finestre ma, per via del tifone in arrivo, la maggior parte aveva lasciato chiuse le imposte, assicurato con stecche di legno le serrande. Qualcuno aveva poggiato sacchi di sabbia fuori dalle porte, per evitare che la furia del vento le disarcionasse allagando le stanze.

Yui pareva tuttavia incurante della pioggia, di quel cielo sceso fino alle scarpe. Osservò la propria opera: le vele di plastica e scotch con cui aveva fasciato e fissato la cabina, la panchina di legno, le lastre in fila indiana del sentiero, l'arco di ingresso e il cartello che recitava "Il Telefono del Vento".

Tutto era ammantato di terra e di gocce. Se anche il tifone avesse disarcionato o strappato qualcosa, lei sarebbe rimasta lì per rimettervi mano.

La cosa più elementare, ovvero che la fragilità non fosse nelle cose quanto nella carne, l'idea che gli oggetti materiali conoscono riparo e sostituzione, ma il corpo non si ripara, che sì, magari è più forte dell'anima – che quando si spezza è per sempre – ma che lo è meno del legno, del piombo o del ferro, non la sfiorò. Il pericolo non lo avvertì neppure un momento sulla sua persona.

«È già settembre» sussurrò Yui contemplando il nero del cielo che si approssimava da oriente. *Nagatsuki* 長月, il "mese delle lunghe notti", come recitava il nome che gli era stato attribuito nell'antichità. E tuttavia ricordava di aver ripetuto quella formula uguale ogni mese, declinandola per novembre e dicembre. È già aprile, aveva detto, e poi è maggio e così via, nella conta dettagliata dei giorni, in partenza dall'11 marzo del 2011.

Ogni settimana era stata una fatica, ogni mese semplicemente del tempo accumulato in soffitta, per un futuro utilizzo che chissà se mai sarebbe arrivato.

Yui aveva lunghi capelli, nerissimi e tuttavia biondi in punta, come una ricrescita che partiva dal fondo per guadagnare la cima. Da quando sua madre e sua figlia erano state risucchiate dal disastro del mare, non li aveva più tinti. Li aveva invece accorciati di un poco ogni volta, lasciandoli crescere infine così, come un'aureola scesa. Il colore dei capelli, lo scarto tra il giallo di un tempo e il nero originario, aveva finito per raccontare la durata del lutto. Era divenuto una sorta di calendario dell'avvento.

Se era sopravvissuta lo doveva soprattutto a quel giardino, alla cabina bianca con la porta pieghevole e al telefono nero poggiato sul ripiano accanto al quaderno. Le dita giravano un numero a caso, la cornetta veniva posata sull'orecchio e la voce ci cadeva dentro. A volte piangeva, altre volte invece rideva, che la vita sa essere buffa anche quando capita una tragedia.

E ora il tifone le era quasi addosso, Yui lo sentiva arrivare.

In quella zona gli uragani erano consueti, specialmente in estate. Rimestavano il paesaggio, stravolgevano i tetti e ne spargevano le tegole a terra come semi, e ogni volta Suzuki-san, il guardiano di Bell Gardia, proteggeva il giardino con la solita amorevole cura.

Questa volta però il tifone si preannunciava tremendo e Suzuki-san non sarebbe stato lì. La voce che fosse malato si era sparsa velocemente. L'entità del malore non era chiara ma si sapeva che era stato ricoverato in ospedale per accertamenti.

Se lui non avesse difeso quel luogo, chi lo avrebbe fatto?

A Yui il tifone pareva un bambino che si apprestava, con occhio cattivo, a rovesciare un secchiello d'acqua sul castello di sabbia di un altro bambino, uno meno preparato, più ingenuo; lo osservava a distanza, da dietro uno scoglio, pronto a colpirlo.

La posizione delle nuvole cambiava in continuazione, tutto lì sopra correva veloce, e la luce pareva spostarsi spedita verso occidente. Di minuto in minuto scendeva un poco più verso di lei, calava come una mano sulla fronte della collina, per sentire se era calda davvero oppure fingeva.

Quando l'urlo del vento si rovesciò sul giardino, nella furia tutto parve appiattirsi, non farmi male, sembrò sussurrare.

La chioma di Yui si divaricò, si gonfiò come una medusa, si squarciò in più punti e riprese a ingrossarsi. Bastava guardare quella testa di donna per intuire lo spartito del vento, il fischio sinistro che anticipava il rivolgimento delle piante, dell'*higan-bana* che cresceva scarlatto, il fiore del Nirvana, il fiore dei morti; l'ortensia che era sfiorita e tornava cespuglio; l'infiorescenza bianca del *fūsenkazura*, con i suoi frutti verdi che i bambini suonavano a mo' di campanelle.

Nonostante ormai faticasse a restare in piedi, sentì il bisogno di piegarsi ancora una volta per assicurarsi che tutto fosse protetto. A tratti trascinandosi a terra, a tratti lasciandosi andare di peso contro quel banco d'aria, allungò il piede sull'ultima lastra del sentiero. Passò in rassegna nuovamente i ganci con cui aveva assicurato i teloni della cabina. Si infilava nel vento di braccia, come nuotando.

Una sola lastra del sentiero cricchiò, e a Yui tornarono in mente le parole della figlia che chiamava *biscotti* i blocchi di pietra che coprivano il rigagnolo dello scolo vicino a casa.

Sorrise, grata di aver recuperato quella memoria.

Da bambini la felicità la si percepisce come una cosa. Un trenino che spunta da una cesta, la pellicola che avvolge una fetta di torta. O magari anche una fotografia che li ritrae al centro della scena, dove non ci sono occhi che per loro.

Da grandi si fa tutto più complicato. La felicità è il successo, il lavoro, un uomo o una donna, tutte cose sfumate, laboriose. Quando c'è, e anche quando non c'è, diventa soprattutto questo, una parola.

Ecco, pensò ora Yui, l'infanzia insegnava invece un'altra cosa, cioè che bastava allungare la mano nella direzione giusta e la si sarebbe ottenuta.

Sotto la poltiglia grigiastra del cielo, una donna di circa

trent'anni restava diritta, a dispetto di tutto. Rimuginava su quanto pratica potesse essere la felicità, si smarriva in quel pensiero come un tempo si smarriva nei libri, nelle storie degli altri che fin da bambina le parevano tutte, senza eccezione, più belle della propria. Si domandò anzi se non fosse per quel motivo che aveva scelto di lavorare alla radio. La affascinava talmente ascoltare le vite degli altri, perdersi nei loro racconti.

Per Yui, da vari anni, la felicità nasceva da quell'oggetto nero e pesante che recitava in cerchio i numeri dall'1 allo 0. Con l'orecchio premuto sulla cornetta, si perdeva nella visione del giardino, in quella remota collina del Giappone del nord-est. Dalla scollatura a V della terra scorgeva anche il mare, ne intuiva l'odore increspato di sale. Lì Yui sognava di parlare con la sua bimba ferma a tre anni e con la madre, che l'aveva tenuta abbracciata fino alla fine.

E quando la felicità diventa una cosa, qualunque altra cosa attenti alla sua sicurezza è il nemico. Fosse anche impalpabile come il vento, fosse anche della pioggia che cascava dall'alto.

A costo della sua vita da niente, Yui non avrebbe mai lasciato accadesse del male a quella *cosa* e al luogo che ne consegnava la voce.

I

1

Ne aveva sentito parlare la prima volta alla radio.

Un ascoltatore era intervenuto a fine programma per raccontare cosa lo facesse stare meglio dopo la scomparsa della moglie.

Ne avevano discusso ampiamente in redazione prima di fissare il tema della puntata. Tutti sapevano di lei, che dentro aveva l'abisso. Ma Yui aveva insistito, che qualunque cosa sarebbe venuta fuori, lei era schermata. Proprio perché aveva sofferto così, nessuno strazio più la toccava.

«Cosa vi ha reso più semplice alzarvi la mattina e andare a letto la sera dopo un grande lutto? Cosa vi permette di stare bene quando vi sentite afflitti?»

La puntata era stata tuttavia molto meno cupa del previsto.

Una donna di Aomori aveva raccontato che quando era triste lei cucinava: preparava torte dolci e salate, *macaron*, confetture, piccole pietanze come crocchette o pesce alla griglia in zucchero e salsa di soia, verdure bollite da infilare nel *bentō*; aveva persino comprato un freezer a parte per poter congelare quando le prendeva la voglia. Per *Hina-matsuri*, la festa delle bambine che cadeva ogni

3 di marzo, nel giorno in cui un tempo celebrava la figlia, si premurava di sbrinarlo con precisione. Era certa che guardando l'esposizione delle bambole nel soggiorno, le scalinate con i vari pupazzi che simboleggiavano la famiglia imperiale, avrebbe sentito il bisogno impellente di pelare, tagliare e sbollentare. Cucinare la faceva sentire bene, disse, la aiutava a rimettere le mani sul mondo.

Una giovane impiegata di Aichi telefonò invece per dire che lei andava nei caffè ad accarezzare cani, gatti e furetti, sì, soprattutto furetti. Bastava le strusciassero i piccoli musi sulle mani e a lei tornava la gioia d'essere viva. Un anziano, sussurrando perché la voce non raggiungesse in camera da letto la moglie, confessò che giocava al *pachinko*; un salaryman, che aveva vissuto la separazione dalla fidanzata come un lutto, aveva preso a bere tazze di cioccolata fondente e a sgranocchiare *sembei*.

Tutti sorrisero quando una casalinga di Tōkyō, una donna di circa cinquant'anni che aveva perso la migliore amica in un incidente, raccontò che aveva iniziato a studiare francese e che quel solo modulare la voce diversamente, quella erre di gola e quell'accentazione complessa, le davano l'illusione d'essere un'altra. «Non imparerò mai la lingua, sono proprio negata, ma sapeste come mi fa sentire bene dire *bonjuuurrrrrr*.»

L'ultima telefonata venne invece da Iwate, da uno dei luoghi del disastro del 2011. La curatrice del programma lanciò un'occhiata eloquente al tecnico del suono, il quale osservò un lungo momento la speaker per poi abbassare lo sguardo sul piano di regia, dove lo lasciò posato fino alla fine della chiamata.

Come Yui, l'ascoltatore aveva perso la moglie nello tsunami, la casa divelta dall'acqua, il corpo trascinato tra le macerie: catalogato tra i *yukue fumei* “traccia ignota”, i dispersi. Ora abitava nella casa del figlio, nell’entroterra, dove il mare era solo un’idea.

«E insomma» aveva esordito la voce che aspirava a stretti intervalli una sigaretta «c’è questa cabina telefonica in mezzo a un giardino, su una collina isolata dal resto. Il telefono non è collegato ma le voci le porta via il vento. Dico Pronto Yōko, come stai? e mi pare di tornare ad essere quello di una volta, mia moglie che mi ascoltava dalla cucina, sempre indaffarata sulla colazione o sulla cena, io che brontolavo perché il caffè mi bruciava la lingua.»

«Ieri sera leggevo a mio nipote la storia di Peter Pan, il ragazzino volante che perde la sua ombra e la bambina che gliela ricuce sotto la suola, ecco, credo che siamo così anche noi che andiamo su quella collina: cerchiamo di riavere indietro la nostra ombra.»

In redazione erano tutti ammutoliti, come se un oggetto estraneo ed enorme fosse improvvisamente precipitato tra loro.

Anche Yui, di solito abilissima nel tagliare interventi troppo lunghi con poche, calibrate parole, non fiatò. Solo quando l’uomo tossì e la regia fece sfumare la voce, Yui parve ridestarsi dal sogno. Introdusse precipitosa il brano musicale, si sorprese del titolo, puramente casuale: Max Richter, *Mrs. Dalloway: In the Garden*.

Arrivarono molti altri messaggi quella notte, e continuarono a giungere anche quando Yui era già sul penultimo treno per Shibuya e sull’ultimo per Kichijōji.

Chiuse gli occhi, anche se il sonno non arrivava. Tornò e ritornò più volte alle parole dell’ascoltatore, come ripercorrendo in su e in giù la medesima strada e facendo via via attenzione a nuovi dettagli. Un cartello stradale, un'insegna, un'abitazione. Si addormentò solo quando fu certa di aver memorizzato il percorso.

Il giorno dopo, per la prima volta da quando sua madre e sua figlia erano morte, Yui chiese due giorni di ferie.

Riaccese il motore dell'auto, mise benzina, e con il navigatore satellitare a inanellare una serie compressa di imperativi, si diresse verso il giardino di Suzuki-san.

Se non la felicità, perlomeno il sollievo, stavano per diventare una cosa.

2

Scaletta musicale di quella notte
durante il programma radiofonico di Yui

Fakear, *Jonnhae Pt.2*
Hans Zimmer, *Time*
Plaid, *Melifer*
Agnes Obel, *Stone*
Sakamoto Kyū, *Ue wo mite arukō*
The Cinematic Orchestra, *Arrival of the birds & Transformation*
Max Richter, *Mrs. Dalloway: In the Garden*
Vance Joy, *Call if you need me*

3

Mentre trafficava con il navigatore satellitare, Yui si sforzò di non vomitare.

Per i primi dieci minuti la vista del mare le fece quell'effetto, glielo faceva ogni volta. Come se solo a guardarlo, quello le entrasse nella bocca; che anzi qualcuno, con un imbuto, glielo facesse ingoiare a forza. Metteva allora di fretta tra le labbra qualcosa, un quadratino di cioccolato, una caramella. In pochi minuti il cuore si abituava e si placavano anche gli spasmi.

Nel mese subito successivo allo tsunami, era rimasta sfollata su un telo di due metri per tre, nella palestra di una scuola elementare, insieme ad altre centoventi persone. Eppure la solitudine che aveva sentito in quel posto non l'avrebbe sperimentata mai più.

Nonostante una grande nevicata, inaudita a marzo, ogni volta che poteva usciva dall'edificio; si infilava in una crepa del muro che recintava il cortile della scuola, abbracciava un albero che le pareva aggrappato per bene alla terra, e da lì contemplava l'oceano tornato al suo posto, il cratere di macerie che si era lasciato dietro.

Aveva scrutato l'acqua con concentrazione, non aveva

guardato altro per settimane. Lì dentro, ne era convinta, c'era la risposta.

Ogni mattina e ogni sera si recava al Centro Informazioni con la stessa domanda, due nomi, le treccine, i capelli grigi di media lunghezza, il colore di una gonna, il neo sulla pancia.

Di ritorno passava veloce nei minuscoli bagni della scuola, frequentati di norma da bambini tra i sei e gli undici anni. Percorreva i corridoi tappezzati di disegni e lavoretti di carta. Tornava nel suo quadrato di vita, ammutolita da tutta quella assurdità.

Alcuni, tra i teli stesi a terra sul pavimento di linoleum, parlavano fitto. Dovevano farne parola per essere certi fosse successo davvero. Altri invece non dicevano nulla, come terrorizzati a leggere la pagina successiva, dove sapevano che la tragedia sarebbe avvenuta: si convincevano che se quella pagina non fosse stata voltata, ciò che naturalmente seguiva non sarebbe accaduto. Altri ancora, che sapevano tutto, non avevano più niente da dire. La maggior parte aspettava, e Yui era una di loro.

A seconda delle notizie che si ricevevano al Centro Informazioni, si veniva a far parte di un gruppo o di un altro. Talvolta poi si partiva alla volta di un altro rifugio dove c'erano ad attenderli quelli che loro stessi avevano atteso.

C'erano centinaia di storie strabilianti da raccontare. Tutto, a recuperarlo, appariva ora come una coincidenza («se non fossi stata a letto malata», «se quel giorno avessi svoltato a destra anziché a sinistra con l'auto», «se non fossi sceso dall'auto», «se non fossimo tornati a casa per pranzo»).

Tutti avevano udito la voce della giovane impiegata che dall'altoparlante del Comune, a cento metri dal mare, non aveva smesso un momento di trasmettere l'avvertimento dello tsunami in arrivo, della necessità di correre sulle montagne, nei piani più alti di edifici di cemento armato. Tutti sapevano che neppure lei si era salvata.

Le immagini dei cellulari, che la gente ora faceva anche ore di fila per ricaricare, replicavano lo spettacolo insensato di gente aggrappata ai tetti, di macchine travolte dal mare, di case che dopo una strenue resistenza seguivano le persone come lo sciacquo in un lavandino.

E poi il fuoco, che nessuno avrebbe mai immaginato più forte dell'acqua, che da piccoli ti insegnano che forbice vince su carta, come carta su sasso; che l'acqua vince sempre sul fuoco, perché lo spegne e sei salvo. Nessuno, in quella rassicurazione infantile ricordava che il tempo decide su tutto e che il fumo riempie i polmoni come una cosa. Che in uno tsunami si muore anche così, senza bisogno di toccare l'acqua.

Dall'altura che cingeva la cittadina e su cui, appena concluse le violentissime scosse, si era rifugiata quel giorno, Yui aveva visto l'oceano avanzare. Le era parso lentissimo ma convincente, quasi che non ci fosse altra cosa da fare. Cos'altro mai avrebbe potuto fare un mare se non avanzare?

Era distante da casa, e la madre per messaggio era stata talmente rassicurante sulla vicinanza sua e della figlia al rifugio di zona, che aveva seguito la gente, aveva sostenuto un'anziana che camminava a fatica, si era resa utile come poteva, convinta com'era di essere in fondo una sopravvissuta. Per un attimo si era sentita persino in colpa della propria fortuna.

Arrivati sullo spiazzo della montagna, si erano tutti affacciati, come a teatro da una balconata. Tenevano in mano i cellulari, animati da una fiducia spropositata nella tecnologia. Parevano tornati tutti bambini, negli anni in cui non esiste confine tra l'eccitazione e la paura. E tuttavia quando il mare attaccò la terra, e non si fermò finché non raggiunse i piedi della montagna, il silenzio fu l'unica cosa.

Quella scena fu per Yui talmente surreale, che a lungo non si sentì sicura a cosa avesse effettivamente assistito.

Lo tsunami raggiunse un'altezza di molto superiore alla stima prevista, così che alcuni *rifugi* divennero una formula guasta, una parola sbagliata, come una definizione imprecisa che crea una solida corrispondenza tra due cose che invece non si somigliano affatto. Così era successo anche a sua figlia e a sua madre, che nel rifugio avevano trovato la morte.

Per un mese aveva aspettato sul telo di due metri per tre, senza sapere più bene a un certo punto cosa stesse aspettando. I pochi oggetti che aveva appresso al momento del terremoto le rimasero attorno come una ghirlanda. Si aggiunsero bottigliette d'acqua, asciugamani, coppette di rāmen liofilizzato, *onigiri*, barrette energetiche, assorbenti igienici, *energy drink*. Circoscritta da cose sempre più vecchie, attendeva che quella cosa finisse.

Poi finalmente i corpi vennero ritrovati e Yui smise di guardare il mare.

4

Il disastro del Tōhoku secondo i dati rilasciati dal sito Hinansyameibo.katata.info *aggiornati al 10 gennaio 2019*

Morti accertate: 15.897
Dispersi: 2.534
Sfollati: 53.709
Morti connesse al disastro: 3.701

5

Yui attraversò in macchina le strade grigie di Ōtsuchi, la terra svuotata di gente. Era stata una delle zone maggiormente colpite dal disastro del marzo 2011, un decimo della popolazione ingoiata dal mare o bruciata dagli incendi che erano durati per giorni.

Spolpata dallo tsunami, appariva ora come un enorme campo sterrato, in cui si intervallavano poche costruzioni elementari, ruspe, macchine di cui avrebbe faticato a dire lo scopo.

Ne ricavò il ricordo di un luogo vastissimo e semivuoto, come uno di quei cimiteri buddhisti che si spalancavano all'improvviso tra le montagne.

Gli stendardi verticali che segnalavano i lavori in corso, il nome delle aziende di costruzioni che erano impegnate sul campo, venivano strattonati dal vento, che soffiava incessante.

Mentre guidava all'altezza di Niiji-itakaigan, percorrendo la strada che si divaricava e poi si restringeva seguendo l'insenatura naturale della regione, fu assalita da un dubbio. E se l'uomo alla radio avesse mentito? Non sull'esistenza del luogo, che effettivamente aveva ritrovato sulla mappa insieme a un numero di telefono e al fax, quanto sul fatto che ciò che aveva funzionato per lui non avrebbe funzionato per lei.

Una cabina telefonica in un giardino, un telefono non collegato tramite cui parlare con i propri defunti. Davvero riusciva a consolare una cosa così? E poi cosa avrebbe detto a sua madre, cosa avrebbe potuto dire alla sua bambina? Il solo pensiero la frastornò.

Il navigatore continuava a darle comandi contraddittori, era ormai talmente vicina che quello rinunciava a spiegarle di più. Spense il motore, accostò.

E se invece Bell Gardia fosse stato tanto pieno di gente da dover fare la fila? Del resto chi non ha dei morti con cui vorrebbe comunicare? Chi non ha almeno una cosa rimasta in sospeso con l'aldilà?

Yui immaginò una di quelle smisurate piscine cinesi in cui si vedeva solo la carne, cuffie colorate e gonfie ciambelle. Tutti che vogliono entrare, nessuno che riesce a nuotare. L'acqua, sotto, solo un'idea.

Yui era convinta che non ce l'avrebbe mai fatta a parlare, con della gente fuori ad aspettare.

Come nei bagni di scuola. Quando finisci? Quanto ti manca?

Frugò nel sacchetto di plastica rovesciato sul sedile accanto. Scartò uno degli *onigiri* che aveva acquistato insieme alla cioccolata e al caffè in lattina prima di partire da Tōkyō. Masticando, si mise a esaminare il paesaggio.

Era una anonima frazione di provincia: edifici sparuti, villette a due piani con il tipico tetto blu ed estesi giardini con capanni, campi coltivati, qualche pollaio. A destra il mare, la curva liscia di una collina che veniva giù. Dietro, inflessibile, la montagna.

Immersa in quel paesaggio si rilassò. Non c'erano né traffico né negozi. Il timore d'una folla accalcata davanti alla cabina era infondato.

Poi, dopo ore di nuvole e pioggia, il cielo lasciò cadere un mucchio di luce, tutta insieme. Yui notò allora in un giardino file di kaki che stavano appesi a seccare sotto la gronda. Dallo specchietto retrovisore scorse un uomo uscire di casa, arrampicarsi con la scala a pioli su un albero pieno di rami. Impugnava cesoie, si preparava a potarlo.

Pensò di domandare a lui indicazioni sulla casa di Suzuki-san, sul Telefono del Vento, sì, Bell Gardia, conosce? Eppure esitò al pensiero che in quella richiesta diventasse chiaro allo sconosciuto anche il suo lutto. Detestava l'atteggiamento cambiato delle persone, la pietà che le faceva sorridere nervosamente o contrarre in pose di maniera.

Però poi la figura di un uomo dal volto nuovo ma i capelli già grigi attraversò la visuale del finestrino di lato, e Yui seppe che lui era come lei. Un sopravvissuto.

Non avrebbe saputo concretamente come spiegarlo, ma c'era un minuscolo angolo buio sulla sua faccia, lo stesso che aveva Yui addosso, dove non lo sapeva. Era uno spazio in cui chi sopravviveva, rinunciava a ogni emozione, anche alla gioia, pur di non dover subire il dolore degli altri.

L'uomo teneva tra le mani una mappa, il berretto calato sulla testa, la carta spiegata che sbatacchiava sul petto. Si guardava intorno, cercava.

Negli anni successivi Yui avrebbe imparato a conoscerlo bene, ne avrebbe scrutato la schiena curvata sul Telefono del Vento, la cornetta pigiata sull'orecchio, il corpo tagliato dai quadratini della cabina.

Lui avrebbe portato ogni volta con sé, a mano per non rovinarlo, il sacchetto con dentro due *special éclair* alla panna e banana che tanto amava sua moglie e, come un'abitudine nuova, li avrebbero consumati insieme loro due, Yui e Fujita-san, sulla panchina di Bell Gardia.

Con il cuore più sgombro avrebbero guardato anche il mare perché, nonostante Yui si fosse trasferita a Tōkyō e da allora se ne fosse tenuta a distanza, dopo un anno e mezzo di lontananza, sarebbe tornata a provare nostalgia. Lo dicevano in tanti: prima lo si odiava e poi si riprendeva ad amarlo, con quel sentimento straziante che si dedica ai figli assassini che, nonostante tutto, non si riuscirà mai a ripudiare.

«Anche se passa del tempo, il ricordo di chi abbiamo amato non invecchia. Invecchiamo solo noi» avrebbe detto spesso quell'uomo che ora spiegava di nuovo la mappa e il vento gli scombinava i capelli.

Quando scese dalla macchina, a Yui l'aria parve piena di sale. C'era il mare davanti, d'accordo, ma la densità di quel blocco la sconcertò. Girò la chiave di fretta, per non lasciarsi il tempo di pensare di più.

Andò incontro all'uomo che aveva appena attraversato la strada e ora si apprestava ad affrontare una lieve pendenza. Si lasciava dietro il mare, guardava in su.

Yui sentì il vento alle spalle, le parve una spinta. Sembrava davvero una mano poggiata sulla schiena, piccole botte che portavano anche lei lungo il sentiero che si arrampicava dolce verso Kujira-yama, la Montagna della Balena.

«Scusi!» esclamò affrettandosi verso l'uomo. La voce rimase sfocata. Lo disse di nuovo, *sumimasen*, e questa volta le parole si aggrapparono al vento e arrivarono a lui.

L'uomo si voltò, la cartina spiegazzata sul petto.

Sorrise. In un'occhiata capì che lei era come lui, che erano lì per la stessa ragione.

6

Altre frasi che avrebbe detto spesso Fujita-san

«Dormire cura ogni cosa».

«Per conoscere se stessi è necessario conoscere gli altri» (citando Miyamoto Musashi).

«Le chiavi non si trovano mai quando devi uscire».

«Il cappuccino con sopra una spolverata di cannella è infinitamente più buono».

«Una conoscenza superficiale è più dannosa dell'ignoranza» (sempre citando Miyamoto Musashi).

Nota: *Il libro dei cinque anelli* di Miyamoto Musashi era, insieme a *Il Principe* di Niccolò Machiavelli, il libro preferito di Fujita-san.

7

Per un anno circa Yui ebbe un sogno ricorrente. Ogni notte sognò di riconcepire sua figlia.

Qualcosa dentro di lei le suggeriva che se la bambina una volta le era uscita dal ventre, avrebbe potuto rifare tutto da capo, replicare ogni gesto del procedimento e farla tornare.

In quel primo anno di lutto, la razionalità rimase sempre da parte, in un angolino del sogno, muta a guardarla; pareva non si sentisse in diritto di intervenire. E tuttavia appena Yui si svegliava, quella usciva dal proprio cantuccio, si alzava in piedi e sussurrava che era una fantasia, e che serviva farsi forza e andare avanti.

Neppure se fosse rimasta ancora incinta, e neppure se per assurdo fosse stato con il medesimo uomo, la bambina con la cicatrice in mezzo alla fronte, le efelidi sparse sul naso e sulle guance, sarebbe tornata. Neppure rinunciando al naso dritto e appuntito, o all'urlo acutissimo con cui pretendeva tutta la sua attenzione, niente da fare, non sarebbe tornata comunque.

Fujita-san, che ora le stava di fronte, e sorrideva imbarazzato confessando che no, non aveva la più pallida idea di dove fosse quel posto ma che doveva senz'altro essere nei pressi, ecco, anche Fujita-san da mesi vedeva di notte la medesima cosa.

Nel sogno lui dava consigli a sua figlia, che aveva tre anni, che era viva, ma muta. Muta da quando aveva perso la madre. Le forniva tutte le indicazioni che gli venivano in testa. Le prendeva le manine e lisciandogliele incessantemente tra i palmi, le insegnava il modo giusto di fare le cose: con le bacchette non si infilza il cibo, le si posa così; metti la mano davanti alla bocca quando sbadigli, e di' *itadakimasu* prima di mangiare, sì, piega un poco la testa, così, lava sempre le mani quando torni a casa, soprattutto sorridi col cuore e non solo con le labbra.

L'educazione, l'educazione è importante, ripeteva sua moglie quando era in vita e lui ci credeva, e ci aveva creduto ancora di più quando era venuta a mancare.

Nutriva una smisurata fiducia in tutte quelle parole, in quei comandi che allagavano la testa e che si sarebbero replicati per tutta la vita, quelle frasi secche che avevano il suono della voce materna, paterna, e che sarebbero andate via via assumendo nel tempo il suono della propria.

«Erano cose che diceva mia moglie alla bambina. Le sentivo ogni giorno ma non le ho mai pronunciate. Le lasciavo dire a lei, forse perché in fondo pensavo che il mio ruolo sarebbe stato sempre marginale. E ora invece guardo le madri per strada, nei parchi, al supermercato, sperando di rubare i loro segreti: vorrei capire com'è che si fa a convincere i bambini a parlare, a renderli felici di essere al mondo.»

«Ah, ma quello nessuno lo sa!» avrebbe replicato rapida Yui quella sera, voltandosi istintivamente verso Fujita-san.

Il pomeriggio avrebbero vagato a lungo per Kujira-yama, avrebbero mangiato un boccone nell'unico ristorante di zona e Yui gli avrebbe dato uno strappo fino alla stazione. Sarebbero rimasti nella macchina per una buona mezzora mentre il tramonto accendeva e poi spegneva la luce su ogni cosa. Sarebbero rimasti in silenzio attraversando il buio pesto della baia di Ōtsuchi.

Fu tuttavia pronunciando quel *ma quello nessuno lo sa!* che Yui avrebbe riso per il disagio scritto sul volto di Fujita-san. Immediatamente dopo, sarebbe giunta per lei la sorpresa.

Non fu per l'ingenuità dell'uomo. Yui di padri non sapeva nulla, né da figlia né da moglie. Intuiva soltanto che certe cose complesse come la felicità, più che le parole le potesse insegnare l'esempio e che, soprattutto, la gioia di vivere serviva possederla in abbondanza per poterla consegnare a un altro.

No, fu piuttosto per quel suono che si dibatteva nella propria gola, che Yui rimase assente, poi sbalordita: rideva, lei stava ridendo.

L'ultima volta che era scoppiata in una risata, che si era sentita tanto leggera da permettersi quel grado di disattenzione, neppure la ricordava.

Qualcuno che l'amava, a sentirla, si sarebbe probabilmente commosso.

«Ah no?» avrebbe riso a sua volta, in risposta, Fujita-san.

8

Come rendere i bambini felici di essere al mondo

Secondo la signora Kuroda, mamma di Sakura (2 anni) incontrata da Fujita-san al supermercato Kēio di Kichijōji: «lodarli tante volte (più una) di quante li si sgrida, preparare i pancake insieme il sabato mattina, guardarli quando ti dicono "Guarda"».

Secondo la signora Anzai, mamma di Tao-kun (3 anni e 5 mesi), durante una conversazione con un'altra mamma al Parco Inokashira: «farli correre al parco ogni giorno, abbracciarli forte quando fanno i capricci, non portarli nei negozi di giocattoli per non dovergli dire di no».

Secondo il dottor Imai, padre di Kōsuke (7 anni), collega di Fujita-san: «leggere insieme libri di dinosauri, portarli all'acquario a vedere i pesci, rispondere a tutte le loro domande, anche quando imbarazzanti».

9

«Bell Gardia?» domandò ai forestieri una anziana con la schiena ricurva, il grembiule con larghe tasche cucite ai lati. Al suo fianco stava un cane nero che masticava qualcosa, beato; il peso abbondante del tronco, piegato di traverso in una posa seduta, poggiava su due zampette sottili. «È lì che state andando?»

«Sì, è così. È vicino?»

L'ultimo tratto di strada, quello più emozionale, fu mediato dalla presenza della vecchietta. Doveva avere più di ottant'anni e camminava tenendo una mano posata sulla schiena ritorta e una lasciata a ciondolarle di fianco.

Si offrì di accompagnarli fino all'entrata della casa di Suzuki-san, il guardiano di Bell Gardia. «Venite» disse con un sorriso bonario, e pareva guidarli nella stanza più remota della sua casa.

Era originaria del Kyūshū, ma ormai dove era nata contava poco, perché tutta la vita l'aveva trascorsa lì. Si era trasferita con il marito subito dopo le nozze, era un pescatore, raccontò. Le aveva detto che quello era il posto più bello del mondo e lei gli aveva creduto. Così avevano risistemato la sua casa d'infanzia, inaugurando giornate all'insegna del mare, tagliate in due dal giorno alla notte, perché la nave dell'uomo salpava quando tutto era buio e tornava che l'alba era salita.

All'inizio, disse, l'avevano impressionata specialmente i mastodontici granchi che il marito le portava in dono dal nord, dove andava talvolta, le lunghissime braccia cremisi e oro. Le parevano creature spaventose, con quelle chele mai viste. «Eppure sono una cosa squisita, dovete provarli.»

Voltandosi verso l'oceano, Yui vide le capocchie rosse delle boe che galleggiavano in acqua. Immaginò la donna allungare la figura, togliersi gli anni di dosso come polvere da una casacca e spingere le rughe ai lati del volto. La vide giovane e ritta sulla soglia di casa a scrutare l'oceano, con un cane diverso alle calcagna e un bambino in braccio, un altro più grande attaccato all'orlo del *kimono*, la frangia cortissima come andava di moda una volta. Con l'ansia delle giovani spose perlustrava l'orizzonte, cercava la nave del marito. Poi alzava il braccio, guardate, esclamava, e puntava l'indice sulla macchiolina che bucava la distesa dell'acqua.

Fu forse per quella intromissione garbata che Yui e Fujita-san giunsero impreparati a Bell Gardia. L'attenzione l'avevano rivolta tutta all'anziana e al suo cane, così che il giardino gli si aprì dinnanzi improvviso, come il sipario in un teatro di strada.

Arrivederci, buona fortuna, continuò a ripetere la mano alzata. La fissarono a lungo, inchinandosi ripetutamente per ringraziarla. La donna intanto riscendeva lenta la strada, affiancata dal vento che parve scortarla fino a casa.

Nella scuola in cui era rimasta sfollata per settimane, tra le cassette di frutta, le confezioni di cibo liofilizzato, gli abiti e le coperte che confluivano lì da tutto il Giappone, Yui aveva scrutato centinaia di volti e tutti, indistintamente, le erano scivolati dagli occhi. Solo uno tornava quotidianamente a visitarla, nei momenti più imprevedibili della giornata.

Era un volto di uomo, e insieme una cosa.

Doveva avere più o meno cinquant'anni. Era di grossa statura, la bocca demente, gli occhi enormi, all'infuori, da pesce.

L'uomo, di cui Yui non seppe mai il nome, teneva in mano una cornice, non se ne separava neppure nel sonno. Così guardava il cielo, così il soffitto, così ogni altra cosa all'interno della palestra: i teli, i mucchi di roba, la gente. Osservandolo con una curiosità che non dedicò mai ad altri, Yui vide l'uomo intitolare i suoi quadri, e si convinse che nessun altro lo sapesse. Con la mano libera pareva annotare qualcosa ogni volta che cambiava direzione e si fermava, solenne, a studiare ciò che era finito dentro alla cornice.

Nella vita fuori di lì i matti erano forse più soli degli altri. Ma in quel luogo i matti lo erano meno. Ciò che rendeva pazzi di dolore i sani, a quelli invece un po' li liberava, li faceva sentire meno diversi.

Yui rimase persino col dubbio che fosse veramente uno sfollato. Ebbe l'impressione piuttosto che il danno subìto dall'uomo non fosse recente ma antico, e che nessuna notizia che fosse giunta in quel luogo l'avrebbe toccato. Tutti andavano almeno una volta al giorno al Centro Informazioni per sapere dei familiari, lui no; e nessuno venne a parlargli d'altro che di orari dei pasti da ritirare, dei turni per la doccia, di visite mediche cui sottoporsi, di esercizi da fare per la circolazione. Tutti piangevano o si sforzavano di non farlo davanti agli altri, lui no. Era venuto solo per mischiarsi alla gente, forse una casa la aveva anche, ma sentiva il bisogno di lenire la prima persona.

C'era anche da dire che lì nessuno dubitava degli altri, nessuno si permetteva. Si aveva troppa paura di aggiungere male a gente ferita. E Yui tuttavia era pronta: se qualcuno si fosse avvicinato all'uomo, se gli avessero chiesto ragione di quella cosa rettangolare di plastica azzurra con cui ripartiva la vita, sarebbe intervenuta. «Sta giocando, ha fatto una promessa a un nipote» avrebbe risposto. E se qualcun altro avesse domandato di che gioco si trattava, se quel nipote stesse bene, se fosse al sicuro, allora lei avrebbe taciuto, così che non avrebbero osato domandare di più.

La verità, o almeno quella che Yui ipotizzò, ovvero che guardare il mondo da dentro la cornice semplicemente rassicurasse l'uomo, che gli paresse tutto più affrontabile visto così, non avrebbe però reso gli altri tranquilli.

I matti li si accettava meglio quando non si era sicuri fino in fondo della loro pazzia.

Yui, stesa di notte sul telo nella palestra, intervallava i volti di sua figlia e di sua madre, macerie della vita di prima e visioni del mare, all'immagine di quell'uomo bovino nella sua casa, probabilmente piena di cianfrusaglie.

In verità non sapeva neppure perché ci si fosse tanto fissata ma vi tornava costantemente. Insonne, sull'altissimo soffitto della palestra, Yui proiettava la figura tozza e sproporzionata mentre, per puro caso, trovava una fotografia incorniciata, la prendeva in mano, allentava i fermi sul retro, staccava la stampa che c'era nel mezzo. Soprattutto il momento successivo (quello in cui l'uomo portava la cornice all'altezza della faccia e la stanza, la strada, tutte le cose di cui traboccava il mondo fuori dalla finestra, gli apparivano d'un tratto seducenti e pacificate) Yui lo riavvolgeva decine di volte. La rasserenava profondamente immaginare quella scena.

Così anche adesso, seduta sulla panchina di Bell Gardia, Yui osservava il profilo di Fujita-san e lo vedeva spezzato in riquadri. Era soprattutto per via delle stecche di legno della cabina (due lunghe verticali e cinque brevi orizzontali) che tenevano insieme i pezzi di vetro. Dentro ogni riquadro c'era un pezzo di Fujita-san, una frazione di braccio, un trancio di gamba.

Scostò lo sguardo più volte, temendo di risultare indiscreta.

Fujita-san tuttavia non se ne accorse. Continuò invece a raccontare alla moglie di Hana: «Ha smesso di parlare, sì, però io sono fiducioso, e lo è anche il pediatra».

Questione di tempo, aveva detto, perché nei bambini anche i sentimenti possono farsi materia e spesso si incastrano in gola. Era molto meno raro di quanto non si potesse pensare.

«Mia madre sta bene, è una nonna molto presente.»

C'erano poi le vicine di casa, le maestre d'asilo e i suoi amichetti. Insomma: Hana era amata, sarebbe guarita. Sarebbe stato bello se ci fosse riuscita prima che iniziassero le elementari.

Il riquadro in cui Yui vedeva la nuca di Fujita-san d'un tratto si svuotò. L'uomo si piegò, finendo nella cornice più bassa. Recuperò lo zaino che aveva poggiato a terra, si voltò.

Era commosso ma sorrideva. Come per dire, «va tutto bene, sta bene, sto bene, ce la si fa».

Solo dopo un anno da allora, Yui avrebbe parlato dell'uomo della cornice a Fujita-san. Gli avrebbe raccontato come anche lei fosse entrata in quel rettangolo azzurro, e di come quel giorno si fosse sentita vista, guardata *davvero* per la prima volta da settimane.

Non sarebbe accaduto mai più: tre giorni dopo l'uomo infatti era scomparso. Nessuno disse di lui, e lei non fece domande.

Di chi non si sa nulla, non c'è niente da dire.

Di chi non si sa nulla, nulla più importa.

In quel luogo di confino Yui scoprì d'aver imparato un'altra cosa importante, ovvero che un uomo bastava tacerlo per eliminarlo per sempre. Per questo serviva ricordare le storie, parlare con le persone, parlare delle persone. Ascoltare le persone parlare di altre persone. Anche dialogare con i morti, se fosse servito.

10

La cornice dell'uomo della cornice

Dimensioni: 17,5 cm x 21,5 cm.
Colore: azzurro cielo.
Acquistata in un negozio da 100 yen il 6 marzo del 2001.
Pagata 105 yen, iva compresa.
Made in China.

11

Quel primo giorno Yui preferì restare lì a guardare accadere le cose.

Il giardino bisbigliava incessantemente, come se confluissero in quel canovaccio di terra le voci dei paesi vicini.

Yui si chiese se vi vagassero anche le conversazioni dell'anziana che li aveva guidati a Bell Gardia con il suo vecchio cane. Era certa che in quel rapporto d'amore fossero contemplati lunghi discorsi sul mare e sui figli che abitavano ormai in lontane città.

Dopo aver usato il Telefono del Vento, Fujita-san era entrato nella casa del guardiano e ora esplorava la biblioteca che era stata creata a Bell Gardia negli anni, con l'aiuto di varie ONG. Scandagliava il calendario degli eventi che vi si tenevano mensilmente.

L'incontro tutto sommato era stato discreto e Suzuki-san li aveva accolti con grande cordialità.

Un inchino aveva reso una striscia verticale il suo sorriso mentre Fujita-san gli porgeva il biglietto da visita. Yui si era invece limitata ad assistere allo scambio; preferiva farsi assorbire dalla figura del suo compagno di viaggio, far intendere d'essere parte di lui. Fujita-san forse lo percepì ma non fece comunque nulla per puntualizzare chi fosse o non fosse Yui.

Anche Suzuki-san l'aveva guardata senza scavare, si era soffermato giusto un istante sulla bizzarra capigliatura di Yui, che a quel tempo era per due terzi bionda e il resto scura. Aveva ripetuto *Benvenuti* con calore e li aveva invitati a entrare.

Yui trovò il giardino bellissimo, quasi commovente. Chiese di poter restare lì, seduta a contemplarlo per qualche minuto da sola.

«Può rimanere molto di più. Deve giusto arrivare un ragazzo, più tardi, forse tra una mezz'ora, ma è spesso in ritardo. Basta che gli lasci libera la cabina e lo spazio intorno. Viene abbastanza spesso, lo conosco, non è un tipo che si formalizza.»

Yui annuì, colpita dalla familiarità con cui ne parlava. Magari un giorno avrebbe parlato così anche di lei.

Seguì con lo sguardo i due uomini oltrepassare la soglia di casa. L'edificio sorgeva mansueto alle spalle del giardino. Era bianco, con stecche nere sulle pareti esterne. Ricordò di aver visto qualcosa di simile in un catalogo di fotografie sull'Europa tedesca.

Migliaia di persone, ogni anno, andavano a Bell Gardia a riversare la propria voce.

C'erano tanti come lei, residui di quell'11 marzo 2011, persone che venivano in prevalenza da Ōtsuchi. Ma c'era anche gente che aveva perso un parente per malattia, in un incidente automobilistico, anziani che andavano a parlare con i propri genitori scomparsi durante la seconda guerra mondiale, genitori di figli evaporati nel nulla.

«Una volta un uomo mi ha detto che la morte è una cosa talmente personale...» aveva raccontato Suzuki-san. «In qualche modo la vita cerchiamo di costruirla uguale a quella degli altri. Ma la morte no. A quella ognuno reagisce da sé...»

Mentre camminava lentamente, facendo attenzione a non calpestare le piante, Yui si domandò se l'uomo di cui parlava, non fosse lo stesso intervenuto alla radio.

Notò con stupore come il vento a Bell Gardia non frenasse un momento, come prendesse invece la rincorsa e scombinasse il paesaggio.

Yui pensò allora che la cornetta, più che incanalare e guidare le voci verso un solo orecchio, avesse il compito di diffonderle in aria. Si domandò se quei morti richiamati alla vita di *qua*, in quella di *là* non si tenessero invece per mano, se non finissero per fare conoscenza tra loro, e per dare vita a storie che i vivi ignoravano completamente.

Altrimenti come spiegare quella leggerezza? La morte, lì, sembrava una bellissima cosa.

Mentre vagava per il giardino, Yui immaginò lo spirito di quelle creature chiamate all'appello ritrovarsi come su un banco di scuola, ad alzare la mano e a fare amicizia. La sua bimba avrebbe forse giocato con la moglie di Fujita-san, avrebbero cantato insieme, si sarebbe ricreato un mondo in cui non solo i sopravvissuti si prendevano cura gli uni degli altri, ma in cui anche i defunti si amavano e andavano avanti, accumulavano anni e poi morivano. Doveva esserci un punto di usura dell'anima così come c'era nel corpo.

Quel pensiero la turbò, come se una cosa fondamentale fosse accaduta mentre era distratta.

Seduta su un tronco tagliato, Yui spiegò sulle ginocchia la mano destra, poi la sinistra. A turno le guardò. La sua bimba avrebbe continuato a camminare, sorretta dalla mano di un altro?

Era trascorsa circa mezz'ora quando Yui alzò gli occhi e vide un giovane stretto in una divisa da liceale. Tagliava sicuro il giardino e virava verso l'ingresso della cabina. L'andatura basculante, tipica dei ragazzi di quell'età, la intenerì. Non doveva avere più di sedici o diciassette anni.

Diede una forte scossa all'arco che introduceva al sentiero con il borsone che portava a tracolla e che esibiva il blasone del liceo. La campanella tintinnò.

Yui lo vide aprire la porta e afferrare con sicurezza la cornetta.

Si mise di spalle, per non risultare invadente. Seduta sotto un albero di kaki, guardò su. C'era giusto qualche frutto rimasto, ma per il resto erano solo rami che si allargavano in aria, spandendosi in tutte le direzioni sopra di lei.

Visto da lì il cielo pareva pieno di crepe.

12

Argomenti preferiti di conversazione tra la anziana di Kujira-yama e il suo cane

Quanto era romantico suo marito da giovane.

Quella volta che fecero l'amore nella serra delle orchidee.

Sua figlia Marie che viveva a Kōbe e aveva sposato un ingegnere.

Le tremende cravatte che indossava il marito di sua figlia Marie.

Namiki, sua nipote di due anni e mezzo, che su Skype la salutava calorosamente e poi si dimenticava dello schermo acceso.

Quanto deliziosi erano i granchi di Hakodate, quanta nostalgia provava a mangiarli.

Suo figlio che abitava in Germania e che a Capodanno sarebbe tornato per presentarle la sposa.

13

«Era un casino polemica, aveva sempre da ridire» rise il ragazzo.

Quando era uscito dalla cabina e si era diretto verso Yui per farle cenno che aveva finito, il guardiano dalla soglia di casa li intercettò. Il tè era pronto.

Si chiamava Keita, proveniva da due villaggi più in là. Veniva a piedi, non con la corriera, che sfortunatamente partiva nell'esatto momento in cui lui usciva dalla palestra, dopo gli allenamenti di *kendō*. Era studente all'ultimo anno del liceo, aveva perso la madre per un tumore scoperto con troppo ritardo.

«Mia madre si era laureata all'Università di Tōkyō, a Tōdai. Era fissata con lo studio, sia con me che con Naoko.»

«Sua sorella minore, ha quattordici anni» puntualizzò Suzuki-san.

«Con mamma litigavamo in continuazione» riprese il ragazzo. «Pensavo mi stesse troppo addosso.»

«Facciamo tutti così» rise Fujita-san. «Era la stessa cosa che rimproveravo a mio padre, la stessa cosa che farò probabilmente con mia figlia.»

«Avrei voluto essere più gentile» riprese il ragazzo, «ma proprio non mi riusciva. Nemmeno alla fine ci sono riuscito, ma lì era diverso. Avevo paura che se fossi stato troppo gentile, magari lei avrebbe pensato che non ci credevo più che sarebbe guarita.»

Suzuki-san lavorava dietro, in cucina; annuiva talvolta, come conoscesse a memoria quel discorso.

«Se fosse qui, scommetto che riprenderemmo a litigare da capo.»

Il vento scosse i vetri della cucina, una foglia vi premette sopra rossiccia. L'aria parve tuttavia mollare la presa perché subito cadde oltre il davanzale.

«Mio padre è uno che non vieta nulla, dice *Valuta le cose con calma e poi decidi, mi fido di te*» aggiunse il ragazzo. «Ma sono io che non mi fido di me.»

«Alla tua età è difficile tutto» intervenne Suzuki-san.

La lucidità di quello scambio impressionò Yui, che rimase tutto il tempo zitta. I liceali li immaginava più incauti, meno profondi, e soprattutto meno onesti nel raccontarsi. Forse, pensò, è il dolore che approfondisce le vite, e un po' le dispiacque.

«Di buono ci sta che ora non mi interrompe quando parlo» si schernì il ragazzo.

«Lo sanno che vieni qui?» chiese Fujita-san. Giocherellava con la tazza, schioccava le unghie sulla ceramica gialla, in un gesto che replicava quando era sovrappensiero.

«Lo sa solo mio padre, perché quando vengo finisce che faccio tardi per cena. A mia sorella invece non l'ho detto.»

Keita non lo confessò ma era soprattutto perché voleva essere lui a raccontare alla madre della famiglia, perché quando era viva ci parlava meno degli altri.

«Grazie, Suzuki-san» tagliò poi il ragazzo, alzandosi bruscamente dalla sedia. Estrasse un sacchetto schiacciato dalla borsa: «Questi invece sono per lei e per sua moglie. Si sono un poco ammaccati, mi dispiace».

Mentre il guardiano accoglieva sul banco il sacchetto pieno di snack, lo ringraziava, gli raccomandava di non prendere freddo («L'inverno sta arrivando») e lo esortava a impegnarsi per gli esami di ammissione («Ma senza affaticarti troppo!»), e mentre il liceale, goffo e commosso, prometteva che sarebbe tornato appena poteva e si inchinava verso Suzuki-san e verso gli sconosciuti, Yui era già lontana.

Lo vide attraversare la porta con la borsa a tracolla che ne deformava la figura, tutto quell'immenso futuro che si immaginava addosso ai ragazzi della sua età, e intanto pensava che non serviva trattenere la voce del ragazzo nella memoria: era già lì, nel giardino di Bell Gardia, annodata alla voce di tantissimi altri. Sarebbe probabilmente stata sempre lì, ad accarezzare quella della madre, a raccontarle degli esami e poi delle prime lezioni all'università, di quella ragazza che lui amava ma che non lo amava in risposta, di quell'altra che lui invece aveva respinto perché, senza saperlo, non assomigliava abbastanza a lei; del primo lavoro, del matrimonio, di quanto fosse faticoso organizzarlo, del primo figlio, della gioia e insieme dell'inadeguatezza costante nel sentirsi chiamare papà.

Anche quella voce sarebbe convogliata nello sciabordio delle altre. Il mare le avrebbe spinte sul bordo della città, nella zona del porto.

«E poi?»

E poi le avrebbero ingoiate dei pesci, come gli anelli

dei principi nelle storie che Yui leggeva la sera a sua figlia prima di dormire.

«E poi?»

E poi un giorno, nelle cucine di un regno di poco lontano, qualcuno avrebbe aperto la pancia di uno sgombro, di un luccio, e quelle parole, in un soffio, sarebbero apparse.

Yui ricordò l'«e poi? mamma, e poi?» ripetuto di sua figlia, e il gesto della bambina che in pigiama, dentro al *futon*, si portava le manine alla pancia. Yui leggeva ad alta voce il passaggio e lei, puntualmente, esclamava «Poverino!».

Ne recuperò l'espressione seria, la preoccupazione sincera per l'animale.

Per il ventre tagliato del pesce, da cui era destino venisse fuori la fortuna di una regina o di un re.

Quando rimasero soli, Yui uscì nuovamente in giardino. Si congedò dal guardiano con poche parole e lì, nel vento d'un tardissimo autunno, aspettò Fujita-san. Sarebbero andati a mangiare i ricci dalla polpa arancione, la zuppa di miso, il riso con un delizioso *furikake* fatto in casa, e intanto si sarebbero narrati a vicenda le vite.

Le nuvole all'orizzonte parevano liquefarsi, spazzate da un vento di profondità.

Fu un pomeriggio sereno, così la serata. Yui si scoprì a desiderare di incontrare la figlia di Fujita-san, di guardarla negli occhi e dirle di essere fiera, che poche bambine potevano avere la certezza di essere amate così. Eppure, l'avesse anche incontrata non glielo avrebbe mai detto. Yui sapeva che l'amore più forte è quello che è dato per ovvio.

Scoprì anche che il nome di battesimo di Fujita-san era Takeshi e le piacque immensamente l'abbinamento dei suoni. Da allora, nel recuperarne il ricordo, lo avrebbe chiamato sempre così.

Si salutarono con un affetto che a nessuno di loro parve eccessivo. Entrambi sentirono piuttosto d'essersi in qualche modo trovati, come due oggetti per caso avvinghiati sul fondo d'una borsa piena di cose.

Quella sera Yui guidò verso Tōkyō, sull'autostrada sgombra. Si infilò nell'abitato di Kichijōji e poi di Mitaka che ormai era notte fonda, il *kombini* a illuminare un rettangolino di strada, i fitti ciliegi del viale del Comune di Musashino-shi, il centro anziani, la palestra. Tutto dormiva, come sotto l'incantesimo di una fata.

Per la prima volta da due anni, nello specchietto retrovisore dove le pareva ogni giorno di vederla dormire nel seggiolino, Yui pensò che avrebbe potuto cantare una ninna nanna a sua figlia; che avrebbe potuto voltarsi a sinistra, dove sedeva sua madre, e raccontarle la strana magia di quella giornata appena conclusa.

Per la prima volta dal giorno dello tsunami, accettò di dubitare della fermezza che si era imposta, della decisione di tagliare in due il mondo, quello dei vivi da quello dei morti.

A parlare con chi non c'è più, pensò, non si fa forse nulla di male.

Bastava accettare che le mani non toccassero nulla, che lo sforzo di memoria fosse tale da riempire le falle, che la gioia di amare si concentrasse non nel ricevere, ma solo nel dare.

Quella notte, avvolta nelle coperte, aprì un libro di fiabe.

A voce alta lesse dell'intrepido soldatino di stagno, del grosso pesce che lo inghiottì, del lungo viaggio che lo riportò alla sua ballerina ritta su un solo piede, e al rogo del camino in cui finirono entrambi, cuoricino di stagno e piccola stella nera come il carbone.

14

La telefonata di Keita a sua madre

– Pronto mamma? Ci sei? Sono Keita.

– Scusa se ultimamente vengo di meno.

– Sto frequentando il *juku* tutte le sere, nel fine settimana ho i corsi speciali per superare i test di Tōdai. Non finiscono mai.

– Papà dice che lo ripetevi anche tu, che le domande a scelta multipla sono un'idiozia. È innaturale che ci siano solo quattro opzioni nella vita e che solo una sia vera.

– Senti, tu come stai? Non è che anche lì mangi ancora dolci di nascosto? (*ridendo*)

– Mi sa che questa cosa del cibo l'hai attaccata a Naoko.

– Quando faccio il bucato trovo carte di caramelle e cioccolatini nelle tasche, una volta ci ho trovato dei pretzel e un churros. Non è normale, secondo me.

– Ah, Naoko si è innamorata. No, non mi chiedere di chi, perché non lo so.

– Le si legge in faccia comunque. È persino meno scorbutica del solito.

– Vabbè, ora vado. C'è una signora che vaga per il giardino, magari sta aspettando di entrare.

– Ciao, torno presto, te lo prometto.

(*tornando indietro*)

– Ah, e mangia pure tutto quello che vuoi.

15

Dopo quel primo giorno, Yui e Takeshi tornarono spesso a Bell Gardia. Una volta al mese erano là.

Si davano appuntamento a Shibuya, davanti a Moyai. Era vicino ad entrambi e Yui adorava passarci prima dell'alba, quando in quel luogo dove di giorno e di sera convergeva il pianeta, non c'era pressoché nessuno. Con gli schermi spenti e i semafori a lampeggiare, lo Scramble Crossing appariva come un luogo dimesso, un carro della festa appoggiato a un angolo di strada e le luci ormai spente.

Divenne loro familiare il tragitto in macchina fino a Iwate, la partenza alle quattro della mattina, la sosta al Lawson di Chiba dove acquistavano la colazione e la tavoletta di cioccolata di cui Yui portava rapida alla bocca alcuni frammenti, non appena l'oceano le si spalancava davanti.

Takeshi seppe così della nausea, seppe del mare.

Yui scoprì invece che Takeshi, quell'unico giorno del mese, si rifiutava di portarsi dietro il cellulare. Disse che il viaggio gli serviva *fisicamente*, aveva bisogno di sentire la distanza col corpo. Il cellulare, secondo lui, rischiava di riportare indietro il tempo, di metterlo costantemente di fronte al se stesso di sempre.

Fu per questa ragione che alla madre, che badava alla nipote quando lui era via, Takeshi dette il numero di Yui. Un'altra persona veniva a sapere dell'esistenza del Telefono del Vento e di quella giovane donna che guidava una domenica al mese verso Kujira-yama.

Yui e Takeshi si vedevano unicamente per andare insieme a Bell Gardia. Il primo luogo d'incontro pareva destinato a determinare in qualche modo anche il proseguo; e tuttavia la distanza tra loro continuava ad assottigliarsi.

Presero a scriversi quotidianamente messaggi.

La sera in cui Yui, cercando un paio di guanti, si trovò tra le mani un regalo incartato per sua figlia, fu Takeshi che chiamò. Il trasloco era stato precipitoso, tutto quanto in quei giorni aveva infilato a casaccio negli scatoloni le pareva le bruciasse le dita. Per quanto la nuova casa, anche a distanza di due anni, celava un numero spaventoso di oggetti che aveva acquistato un tempo per la bambina, cose che ricordava le erano piaciute particolarmente o che erano in sconto e che aveva voluto comprare lo stesso anche se era presto per dargliele, abitini che aveva messo da parte perché bastava che crescesse un poco e li avrebbe potuti indossare; talvolta trovava anche pupazzetti, albi illustrati, gonnelline che, disordinata com'era, aveva semplicemente dimenticato di darle. A trovarsi quelle cose sleali davanti, Yui sentiva una fitta, la sensazione straziante di aver deprivato la figlia di una piccola gioia.

Takeshi rispose al messaggio con dolcezza, e così fece anche le volte successive in cui accadde.

Le promise anzi che un giorno, quando si fosse sentita pronta, l'avrebbero affrontata insieme quella casa, i suoi armadi, le ante, gli scatoloni lasciati imballati dal trasloco, verso cui Yui provava un autentico terrore.

Allo stesso modo fu a Yui che Takeshi scrisse quando gli parve di scorgere la moglie in una paziente ritta di spalle verso la finestra, di riconoscerne il profilo affannato in una donna che gli tagliò la strada mentre correva verso il lavoro.

Fu a lei che raccontò le preoccupazioni delle maestre dell'asilo, perché neppure lì la figlia apriva bocca – disegnava sì, partecipava, ma nel suono era assente. Nessuno conosceva più il rumore della voce di Hana e lui stesso talvolta aveva l'impressione di dimenticarlo. Guardava allora brevi video che conservava sul computer: Hana che cantava motivetti dei cartoni animati, Hana che storpiava le parole e intonava canzoni tradizionali, Hana che diceva convinta assurdità che solo a quell'età si potevano dire.

Di fronte alla nostalgia per quanto aveva perso e alla sensazione di non essere all'altezza della prova che gli aveva messo di fronte l'esistenza, scriveva a Yui che era "un po' triste", e lei capiva.

Senza rendersene conto, Yui e Takeshi finirono per assomigliarsi.

Takeshi prese a guardare con occhi diversi i luoghi della propria casa, quelli soprattutto in cui nascondeva gli oggetti che non voleva che Hana trovasse, cose pericolose, cose golose, cose che la piccola non aveva messo a posto e che quindi erano sparite per punizione. Smise di comprare in anticipo abiti o doni. Quando trovava qualcosa che gli pareva le potesse piacere, glielo consegnava immediatamente.

Imparò da Yui che *domani*, per principio, non è una cosa che c'è.

Yui, dalla sua, riprese ad andare in ospedale. Dopo due anni in cui inconsciamente sperò che ogni raffreddore si aggravasse fino a diventare una polmonite, che un mal di gola trascurato le provocasse talmente tanto dolore da non riuscire a pensare a nient'altro, ricominciò a occuparsi della propria salute, riiniziò goffamente a accudirsi.

E poi, quando vedeva una scena che la divertiva o la inteneriva – un cane che al parco giocava da solo mentre il padrone sonnecchiava, un carrello di bimbi dell'asilo che gridavano al passaggio del treno – faceva brevissime riprese, come *haiku* visivi da mettere da parte e poi riguardare andando al lavoro, o magari prima di dormire, in qualunque momento della giornata che le fosse sembrato complicato da gestire. Sull'esempio di Takeshi, accumulò una discreta collezione di filmati: le ore opache le schiariva così.

Ed ecco che poi arrivava il sabato notte, e seguiva quella precisa domenica mattina in cui sarebbero andati insieme a Bell Gardia, l'ora stabilita in cui Yui pigiava il pugno sul clacson per avvertire Takeshi che era arrivata, nello stesso identico modo con cui si annunciava da ragazza perché la madre uscisse di fretta da casa. Eccolo ancora quell'istante in cui Takeshi si sollevava dal basamento di Moyai per andare incontro a una donna di cui voleva sapere di più, ancora, ed era felice, intimamente compiaciuto di scorgere il volto sorridente di Yui, gli occhi lucenti, la piccola bocca piena di carne, il naso appuntito e quei capelli che si allungavano bicolori sulle spalle.

Anzi, il momento in cui si incontravano iniziò ad apparire a entrambi non come il raccogliersi di due sconosciuti in un punto del mondo per poi raggiungerne un altro, bensì come un ritorno.

Era lui che tornava a lei. Era lei che tornava a lui.

16

Oggetti acquistati per sua figlia (e mai usati)
trovati per casa da Yui

Un ciuccio con i baffi.
Un pantalone rosa con le tasche bordate di pizzo.
Una trombetta di Anpan-man.
Una tazza di Minnie con l'impugnatura a fiocco.
Tre mollette tempestate di finti diamanti.
Un cd di canzoni di Natale.
Una garza di quelle che usava per farle il bagnetto da neonata.
Una tutina per i tre mesi.
Due guantini con una fantasia floreale.

17

In macchina verso Bell Gardia ascoltavano raramente la radio, mai la stazione di Yui. I programmi che conduceva, Takeshi cercava di ascoltarli in diretta e li registrava quando era in sala operatoria oppure impegnato in qualche emergenza. Anzi, per sicurezza, prese a registrarli tutte le volte, conservando così nel database la voce di Yui.

Gli piaceva il timbro fermo con cui orchestrava le voci di studiosi, giornalisti, scienziati, e quello delicato e rassicurante con cui coordinava invece gli ascoltatori che chiamavano dai luoghi più disparati del Giappone per intervenire in trasmissione. Amava soprattutto il modo in cui Yui riusciva a far sentire a proprio agio persone che non erano affatto avvezze a parlare.

Viaggiando col mare di fianco e le montagne davanti, più spesso ascoltavano musica. Yui amava la Bossa Nova, la musica nostalgica di un tempo che non aveva mai vissuto, di una terra che neppure conosceva, ma le cui melodie la portavano al pianto tanto erano belle. Si era convinta che la nostalgia non avesse nulla a che fare con la memoria, che la si potesse anzi provare forte solo per cose di cui non si aveva avuta diretta esperienza.

Takeshi era cresciuto invece con il rock giapponese, ascoltando gli X Japan, i Luna Sea e Glay, e ogni tanto proponeva a Yui brani più melodici come *Forever Love* o *Yūwaku*. Lei rideva, cercando di far collimare la calma della voce di Takeshi, con quelle musiche spesso urlate a squarciagola.

Erano lunghissimi viaggi in macchina da Tōkyō a Ōtsuchi. E tuttavia erano della giusta lunghezza perché il loro cuore si preparasse ogni volta all'incontro con il giardino sulla pancia di Kujira-yama. Le interminabili ore di guida in cui si alternavano quando Yui era sfinita, le melodie di sottofondo, le chiacchiere e i silenzi che gonfiavano la vettura, il respiro dell'uno e dell'altra che a turno si abbandonavano al sonno, sembravano rinforzare i nervi, i muscoli del loro cuore.

Li rendevano più agili in vista di quella ennesima, millimetrica, dilatazione che provocava in loro il vento di Bell Gardia. Di chilometro in chilometro si avvicinavano al Telefono del Vento, alla vista del giardino, delle barche, del mare in fiore.

Sì, se Yui lo avesse dovuto spiegare con un'immagine concreta, avrebbe detto che parevano proprio le lancinanti contrazioni che precedevano il parto, la meraviglia di quel processo che Yui aveva sperimentato quando era nata sua figlia: chiudere per aprire, contrarre per poi stirare, serrare e trattenere per poi spingere e divaricare.

Un paradosso totale, insomma, come una di quelle situazioni in cui si è soliti dire che ci si riesce solo quando finalmente vi si rinuncia. Come l'amore, quello vero, come un figlio che non arriva.

Sarebbero riusciti quel giorno a parlare con i loro cari? Quel mese Yui avrebbe sofferto un po' meno svegliandosi la mattina e trovandosi in casa da sola? Takeshi avrebbe smesso di fissare il lato cavo del letto, di esitare davanti alla porta del bagno chiedendosi quanto ancora sua moglie ci avrebbe messo, salvo poi sussurrarle dolce «Fai pure con calma»?

18

I brani di musica brasiliana preferiti di Yui nel passato e nel presente

Águas de Março di Elis Regina nella versione originale dall'album *Elis* (1972).

Desandou di Caio Chagas Quintet dall'album *Comprei um Sofá* (2017).

19

«Mi basterebbe una volta, anche una volta soltanto, che lui mi rassicurasse sul fatto che c'è e che mi ascolta. Che non ce l'ha con noi.»

Qualcosa in quella frase mite e rassegnata, dopo una serie di altre invece feroci, si spezzò. L'uomo ingoiò frettolosamente l'aria, trattenne un singhiozzo, poi ripartì con le accuse e gli insulti.

Lo avevano incontrato la mattina, mentre salivano verso Bell Gardia, con il consueto *omiyage* per Suzuki-san e la moglie, e con quella fame precisa per i ricci e la zuppa di miso del ristorantino in cui andavano a mangiare ogni volta. Takeshi aveva portato i due *special éclair* alla panna e banana che tanto amava la moglie, Yui teneva la cioccolata nel cruscotto.

Tutto insomma nel rito. Tutto abitudine e ritorno.

«Per mestiere scrivo, sono un giornalista. E se un giorno mai scriverò di questa storiaccia, sempre che mia moglie me lo permetta, la intitolerò *L'età in cui non si muore*.»

Erano seduti nella saletta antistante la biblioteca dove Suzuki-san aveva predisposto uno spazio informale in cui parlare e bere un tè, in vista del caffè che avrebbe aperto nei mesi a venire.

«Un titolo intenso» commentò con gentilezza il guardiano dal cucinino a lato della sala.

«L'unico possibile, secondo me. Parlerò della percezione del pericolo assente nei ragazzi, di quanto a una certa età non si accorgano che anche loro sono fallibili, che a fare cazzate, prima o poi ci si rimette la pelle.»

Era un uomo robusto, con il ventre prominente e gli occhiali dalla montatura larga e squadrata. Logorroico e impaziente, spesso non faceva a tempo a riprendere fiato e arrivava a fine frase in apnea. Ricaricava tuttavia subito l'aria, e ripartiva.

«Vi ricordate il video di quei cretini che si sono buttati nel fiume durante il tifone l'anno scorso, a Hiroshima... quei tre che si sono messi in mutande su un gommone... un gommone sì, di quelli che si usano al mare in vacanza, in cui ci metti dentro i bambini piccoli e quelli ci fanno subito la pipì?»

Yui e Takeshi si erano guardati a fondo, senza recuperare però nulla.

«Ma no, perché avreste dovuto vederlo? Era uno spettacolo indegno, venivano i nervi solo a immaginarlo, figuriamoci a guardarlo dall'inizio alla fine. Ad ogni modo, uno dei tre cretini era Kengō, mio figlio.»

Il giorno successivo Yui e Takeshi avrebbero cercato, ognuno sul proprio cellulare, lo spezzone del video della NHK in cui due ragazzetti, uno con i capelli scoloriti e l'altro nero fumo, stavano su un gommone, in mutande, sghignazzando verso l'amico che dall'alto (dall'argine del fiume? da un ponte?) li riprendeva. Il filmato durava giusto pochi secondi perché subito venivano trascinati dalla corrente, uscendo dall'inquadratura, e lì si interrompeva. Il video della NHK che ne dava la notizia riproponeva la sequenza per tre o quattro volte, intervallandola a panoramiche sul fiume, sui danni provocati dal tifone alle abitazioni di zona. La voce del giornalista, aiutata dai sottotitoli in sovraimpressione, raccontava i dettagli della fine: rastrellando il fondo del fiume, dopo quattro ore di ricerca (prolungate dalle condizioni metereologiche avverse), era stata calata una telecamera sottomarina ed erano stati infine individuati.

«Erano molli come stracci» aveva commentato l'uomo. «Venivano piluccati dai pesci. Tra i capelli Kengō aveva persino un granchio.»

Takeshi e Yui, che fino a quel giorno si erano soltanto scritti messaggi, per la prima volta, decisero di telefonarsi. Erano entrambi molto turbati, pensando soprattutto alle volte (decine? centinaia?) in cui il padre doveva aver riprodotto il filmato, alternando disperazione, sconcerto, collera forse e una disumana fatica nel consolarsi all'idea che il ragazzo, alla fine, si fosse perlomeno divertito.

«Un coglione, un vero coglione. Ma come si fa a pensare di farla franca così?» riprese ora l'uomo. Ad accettare la morte del figlio, aggiunse, li aveva aiutati la fine del suo amico, affogato con lui, e il suicidio del terzo. Non perché avessero mai augurato del male agli altri ragazzi, ma perché ogni famiglia aveva avuto modo di scagionarsi dalla colpa di un'educazione sbagliata.

Loro, severissimi, avevano opposto a Kengō una strada piena di *no*. I genitori di Kōta – l'amico affogato con lui – erano stati invece permissivi, convinti che grazie ai *sì* il ragazzo avrebbe capito esattamente cosa voleva, senza doversi inventare nemici. E poi il terzo, Katsuhiro, tutto il contrario di Kengō e Kōta caratterialmente, che non aveva retto alla vergogna d'essere vivo, lui che non aveva fermato gli amici, che li aveva anzi spinti a osare di più.

«Il fatto che siano morti tutti e tre, benché in tempi diversi, ci ha convinti che comunque ci fossimo comportati sarebbe finita così. Che a volte, per andare all'altro mondo, serve essere davvero soltanto iellati.»

L'uomo aveva ripetuto la frase, sprezzante: «Basta anche solo una bravata, una sola, come le fanno tutti su varia scala in gioventù...».

Sfortuna, ci voleva solo tanta sfortuna. Cretino lo era stato anche lui da giovane. E loro? Certo, anche Yui e Takeshi da ragazzini avevano fatto almeno un'imprudenza, no? E gli era andata bene, vero? Ecco, quella era fortuna, solo fortuna.

«Mi sono vergognato per un pezzo a dire la verità. Qui a Bell Gardia ci viene gente che piange persone morte loro malgrado, chi avrebbe fatto di tutto per evitare una situazione pericolosa. Ma la sorte è così, e la vita è casuale.»

Ci sarebbe stato spazio per parole di conforto e consolazione, ma l'uomo non reggeva il silenzio, e né Suzuki-san, né Yui o Takeshi fecero a tempo a formularle.

«Io dentro quella cornetta ci verso tutti questi discorsi, anzi, molti di più» subito riprese. «Non mi censuro mica. Glielo dico che è stato un idiota. Parlo parlo e non mi torna in cambio nulla, solo silenzio. Però poi la notte, e lo so che sembra un'assurdità, lo sogno, e lui mi risponde per filo e per segno. Sembrano le battute di un copione tagliato a metà.»

Yui credette all'uomo; ricordò il sogno che l'aveva visitata per un intero anno, quello di riconcepire sua figlia. Takeshi, recuperò le lezioni che impartiva nel sonno a Hana, e anche lui, senza fatica, gli credette.

«È illogico lo so, non ho mai ricordato un sogno in tutta la mia vita, ma ora con mio figlio dialogo così, proprio in sogno, no *dialogo* non è esatto. Ognuno dice la sua, a turno, quindi non litighiamo, e abbiamo il tempo per pensare a cosa dirci la prossima volta.»

Suzuki-san si asciugò le mani dietro al bancone. Portò il bricco dell'acqua bollente in tavola, disse che era una bellissima cosa dialogare, in qualunque forma.

«Oggi, per dire, gli ho raccontato che sua madre ha trovato un album da disegno di quando era alle elementari.» Sfilò il cellulare dalla borsa, cercò la fotografia.

Kengō bambino stava al centro, allargava le braccia fino al limite del foglio. E dentro quell'abbraccio eccezionale, disse l'uomo, ci stavano tutti, pure la casa e pure il mondo – che aveva disegnato più piccolo della propria faccia, di colore blu.

La moglie aveva attaccato il disegno in cucina, in un posto in cui lo poteva contemplare mentre preparava la cena, e dove lui, passandoci davanti, si inteneriva. A guardarlo, disse, si riscopriva padre ogni volta.

«Si rimane genitori, anche quando i figli non ci sono più.»

20

Due cose che venne a scoprire Yui cercando la parola "abbraccio" su Google il giorno seguente

Durante uno studio condotto dall'Advanced Telecommunications Research Institute International di Kyōto (ATR) venne chiesto a un numero imprecisato di persone di tenere brevi conversazioni della durata di 15 minuti con i propri partner; al termine degli incontri alcune di quelle persone ricevettero degli abbracci, altre no. La ricerca evidenziò come si verificasse un significativo abbassamento del livello di cortisolo (l'ormone dello stress) nel sangue nei soggetti che avevano ricevuto un abbraccio.

Una famosa citazione della psicoterapeuta americana Virginia Satir (1916-1988) recita così: «We need four hugs a day for survival. We need eight hugs a day for maintenance. And we need twelve hugs a day for growth»[1].

[1] «Abbiamo bisogno di quattro abbracci al giorno per sopravvivere. Abbiamo bisogno di otto abbracci al giorno per stare bene. E abbiamo bisogno di dodici abbracci al giorno per crescere.»

21

Quel giorno, durante il viaggio di ritorno, Takeshi fu più loquace. La storia dell'uomo lo aveva molto colpito. Aveva notato una grave psoriasi sui gomiti, su tutte le dita, dietro le orecchie e sulle giunture che si grattava a brevi intervalli. Gli diagnosticò una nevrosi che avrebbe richiesto un prolungato ciclo di cure.

Yui, alla guida, stava invece in silenzio.

Quando calava la notte il paesaggio dall'auto si faceva un'unica cosa, come un ammasso di buio sporcato dal brutto chiarore dei fari e dei lampioni stradali. Yui non amava guardarlo. Le luci delle macchine che sfrecciavano nell'opposta direzione di marcia le comunicavano un vago disagio.

Takeshi disse che non sarebbe mai riuscito ad ascoltare le storie degli altri come Suzuki-san, che un conto è farlo una volta al mese, un altro farlo ogni giorno.

Usciti dal tunnel, la strada si allungò nel mezzo di un'ampia vallata. Yui volse lo sguardo lontano, sui monti che si alzavano in rapida ascesa a destra e sinistra.

«Sai, il discorso sull'abbraccio? Il disegno del figlio di quell'uomo...»

Yui annuì continuando a guardare la strada.
«Hana finge di dormire per farsi abbracciare.»
Yui si voltò un istante a guardare Takeshi. Il tempo di fargli capire che lo stava ascoltando.
«Lo fa quando è stanca, e un po' triste. Lo fa fin da quando era piccolissima e a chiudere gli occhi credeva che non la vedesse nessuno.»
Quante cose mette a posto un abbraccio, pensò Yui. Rimette in sesto anche le ossa.
«Da sveglia non li accetta?» domandò.
«Sì, ma è un po' schiva. Come si vergognasse di averne bisogno.»
In un lampo Yui ebbe le piccole braccia della propria bambina intorno alle gambe, la sua gioia stretta che non la lasciava passare. *Guarda che cado*, le diceva, *fai attenzione!*
Per non piangere dovette stare zitta.
Ultimamente il dolore degli altri le risultava meno ovvio. Soffriva, non le piaceva, ma neppure lo scartava. Sapeva in fondo che era un buon segno.
«E allora aspetto che dorma, o che finga di dormire, e la abbraccio» disse Takeshi mentre superavano il cartello che annunciava il passaggio da Saitama a Chiba. «Ho detto anche a mia madre di farlo quando sono insieme. Non è molto fisica, non lo era neppure con me quando ero bambino, però credo che faccia piacere anche a lei.»
«Hai fatto bene, gli abbracci non sono mai abbastanza» disse Yui e subito pensò a quanto spesso, nella realtà, banalità e verità coincidessero.
«Ho sempre pensato che gli abbracci migliori siano quelli che dai senza che nessuno se ne accorga, solo per darli. Quelli dati egoisticamente, solo per te.»

«In che senso?»

«Guarda, mi succedeva di farlo con Akiko, mia moglie, quando avevo interminabili turni di notte al Pronto Soccorso, e tornavo che lei dormiva già da un pezzo. Si arrabbiava, era triste, a volte la mattina litigavamo perché diceva che mi aveva sposato solo per stare da sola. A volte era talmente arrabbiata che bruciava apposta la colazione» esclamò ridendo Takeshi. «Forse sperava protestassi per riprendere a litigare, ma io stavo zitto.»

«Bruciare?»

«Sì, sì, proprio bruciare. Il pesce era sempre nero su un lato, e il pane dei toast addirittura carbonizzato» ribadì. «Eppure, guarda, sembra strano, ma le notti in cui l'avevo stretta nel sonno, intendo senza che lei si svegliasse, quando l'avevo abbracciata solo perché avevo voglia di farlo, la mattina ci salutavamo e mi pareva più di buonumore. Era più allegra, non litigavamo.»

«E i toast?»

«Decisamente meno bruciati!»

Rientrando a Tōkyō che era quasi mattina, Takeshi e Yui convennero che le cose che finiscono per mancare maggiormente delle persone quando se ne vanno sono proprio le loro fissazioni, le cose ridicole, le cose moleste.

«Chissà» disse Takeshi, «forse è proprio perché si è faticato all'inizio ad accettarle e non te le dimentichi facilmente. È come se ogni volta che ti fanno innervosire per qualcosa, tu cercassi di bilanciare con le cose positive che ha quella persona. È un po' come ripetersi ogni volta *io questa persona la amo perché...*»

22

Le vendette di Akiko quando Takeshi faceva tardi:
bruciargli i toast della colazione, nascondergli le chiavi di casa, vestirsi particolarmente carina e, uscendo, negargli il bacio sulla porta.

Le tecniche di Akiko per fare pace con Takeshi:
urtarlo per casa, fingere di dormire e farsi abbracciare nel sonno, bruciargli i toast ed esclamare ridendo: «Mi dispiace, sono giusto un po' cotti».

23

Yui non entrò mai nella cabina telefonica di Bell Gardia. Immaginava però ogni volta di farlo. Anzi, se glielo avessero chiesto, avrebbe riportato con sicurezza l'immagine di sé con la cornetta pigiata all'orecchio.

In realtà Yui vagava soltanto per il giardino, mentre Takeshi raccontava a sua moglie (lui sì) cosa era successo e che cosa ancora aspettava accadesse.

Arrivavano a Bell Gardia intorno alle undici della mattina, parcheggiavano sul bordo della proprietà e salutavano Suzuki-san che andava loro incontro sul vialetto d'ingresso. Takeshi pareva avvertire ogni volta l'urgenza di parlare con sua moglie, come se il lungo viaggio in macchina si concludesse solo quando alzava la cornetta. Dovette notarla anche Suzuki-san quell'irrequietezza perché, dopo le prime due volte, non li invitò più a bere insieme un tè. «Ci vediamo dopo» diceva «io intanto rientro.» E rientrava.

Takeshi procedeva rapido verso la cabina e chiudeva la porta dietro di sé. Yui come d'abitudine lo attendeva sulla panchina, a pochi metri di distanza, e lo guardava piegarsi sulla cornetta, infilare le dita nei dieci piccoli fori, formulando un numero che solo lui conosceva.

Yui imparò a memoria così ogni dettaglio delle tante cornici che frazionavano la sua figura. La postura diritta, le gambe lunghe e aguzze, specialmente sulle ginocchia; in estate, quando indossava magliette a maniche corte, i tanti nei sparsi sulle braccia. Dai riquadri più in alto veniva invece fuori la chioma ingrigita ma folta, e poi l'espressione gioviale. Di tutte quelle frazioni multiple la sua preferita era però quella centrale, un po' in basso, dove vedeva l'altra mano, quella che non era impegnata sulla cornetta e ticchettava ritmata sulla superficie del ripiano. Chissà che musica ha in testa, si domandava curiosa.

Si scoprì nel tempo a provare tenerezza per quella figura. E tuttavia a trattenersi ogni volta dal provare di più.

Quando poi Takeshi finiva, entravano in casa e, se Suzuki-san non aveva faccende urgenti da sbrigare, bevevano insieme un tè alla menta, un *hōjicha* o mangiavano uno dei dolcetti a forma di banana che erano soliti portare in dono da Tōkyō. Si informavano sulle attività della biblioteca, sulle email ricevute, sulle pubblicazioni che stavano nascendo a proposito della magia di quel posto.

«Un professore di Harvard ha introdotto il Telefono del Vento nei suoi corsi di psicologia clinica.»

«Davvero?»

«Sì, e pare verrà la prossima estate per visitare Bell Gardia. Vorrebbe pubblicare un lungo articolo su una rivista americana.»

«Complimenti Suzuki-san, che onore!»

«Davvero, complimenti!»

Nel folto dei discorsi, a un certo punto Yui si faceva più zitta e con un inchino lasciava la stanza. Si ritagliava del tempo per passeggiare da sola per il giardino di Bell

Gardia e benché nessuno fiatasse, tutti speravano che fosse la volta buona.

Yui invece si limitava a girovagare tra i fiori e le piante. Si lasciava coccolare e strattonare dal vento, e questo pareva un cucciolo al guinzaglio, che tira soltanto perché troppa è la gioia di essere al mondo.

E tuttavia, il coraggio di entrare nella cabina e parlare a sua madre e a sua figlia, a Yui continuava a mancare. Sulla soglia le veniva meno la forza. Lei era vissuta, suo malgrado, anche senza di loro, ce la faceva.

Sui treni di Tōkyō, nei cambi tra una linea e un'altra, imbastiva discorsi, domande da fare a sua figlia; usciva dalla radio e immaginava di raccontare alla madre come era andata la puntata, di quell'esperto che non la smetteva di ripetere *dunque* o di quell'ascoltatore che si capiva che stava sul water mentre parlava. Cose divertenti, come di quel nuovo collega che l'aveva invitata a uscire ma lei aveva risposto di no. È simpatico, mamma, di aspetto attraente, però gli manca qualcosa, come dire, non so, una certa complessità: alla lunga non mi capirebbe.

Ma poi ripercorreva l'ultima volta che aveva visto sua madre, la mattina, quando le consegnava di corsa la figlia, perché Yui doveva andare dall'altra parte della città a farsi rinnovare la patente, e la bambina aveva qualche linea di febbre e non si poteva portarla all'asilo.

Ricordava l'aspetto della figlia, perché era stata lei a vestirla. Ma la madre? Lei, cosa indossava? Cosa si era messa quella mattina?

Se nelle settimane in cui rimase sfollata nella palestra della scuola elementare Yui avesse avuto il Telefono del Vento a disposizione, le avrebbe chiesto probabilmente: «Che ti sei messa quella mattina, mamma? Avevi una gonna o un pantalone? Di che colore? Che fantasia? Mi serve saperlo, devo poterlo dire alla polizia, perché ti riconoscano subito quando ti troveranno, bisogna evitare che passi troppo tempo, perché i documenti sono nella tua borsa, e la borsa chissà dov'è».

Mentre superavano Ōtsuchi e iniziavano la salita verso Bell Gardia, Takeshi provava a invitarla ogni volta: «Entri prima tu?», ma Yui sorrideva, abbassava lo sguardo.

Partiva invece col passo meditabondo di sempre, girovagando per il giardino, accerchiata dal vento.

Dopo un anno Yui iniziò a domandarsi se ce l'avrebbe mai fatta. Se avrebbe mai alzato la cornetta e parlato nel vento.

24

Cosa indossavano la figlia e la madre di Yui
la mattina dell'11 marzo 2011

La madre di Yui: una giacca beige con la cintura legata alla vita, un paio di pantaloni neri, una camicia bianca e sopra un maglione leggero a V, a righe orizzontali bianche e marrone chiaro, mocassini neri con la frangia, una collanina con su scritto il nome di Yui.

La figlia di Yui: una gonnellina verde con sotto aderenti fuseaux neri, un maglioncino bianco con un orsetto sul taschino a destra, e dietro lo stesso orsetto che faceva cucù con le zampe. Calzini del Bruco Mai Sazio, scarpe da ginnastica bianche e rosa con una striscia che luccicava a ogni passo.

25

Col passare dei mesi divennero familiari con il guardiano di Bell Gardia, tanto che di ognuno di loro Suzuki-san conobbe la storia e memorizzò i nomi e la geografia: abitavano entrambi a Tōkyō, lei lavorava alla radio, lui era un chirurgo. Lui aveva una figlia di tre anni e una madre, lei più nessuno. Trentacinque anni lui, trentuno lei. Si erano incontrati lì la prima volta, erano diventati amici. Sarebbero andati un giorno al mese, poi due volte l'anno per i successivi trent'anni, anche quando lui non ci sarebbe stato più.

Che si stavano innamorando Suzuki-san lo intuì già dopo una dozzina di mesi, ma non lo disse a nessuno. Come era solito ribadire a sua moglie: «L'amore è come la terapia, funziona solo quando ci credi». «Ma soprattutto» gli faceva eco lei «solo quando ti senti pronto a lavorarci.»

Yui e Takeshi si resero disponibili a partecipare alle iniziative di Bell Gardia, a patto che coincidessero con i giorni in cui avevano già programmato di andare. Con piccole somme contribuirono anche alla raccolta di fondi per certe giornate in cui arrivavano in tanti da ogni parte del Giappone: si organizzavano seminari rivolti alla formazione di medici e terapeuti. La gestione del lutto diventava in quell'occasione manutenzione della felicità di intere comunità. Di quegli incontri Yui ne faceva anche accenno alla radio. Era convinta che Bell Gardia *funzionasse*, e che anche altri, come era successo a lei, avrebbero trovato un po' di conforto sulla collina di Ōtsuchi.

Yui e Takeshi scoprirono nel tempo che il Telefono del Vento era come un verbo che si declinava diverso per ogni persona, che i lutti si somigliavano tutti e, insieme, non si somigliavano affatto.

C'era un ragazzino che andava lì ogni sera a leggere ad alta voce il giornale per il nonno, c'erano molti che andavano a piangere e basta. Qualcuno andava a consolare un defunto che non aveva avuto sepoltura, disperso chissà dove, sul fondo del mare o in uno dei tanti cumuli d'ossa che scava la guerra. C'era anche una madre che aveva perso i tre figli nello tsunami e non si rassegnava al silenzio, e allora parlava parlava, per riempire il vuoto rimasto. C'era una bambina che chiamava il proprio cane, che gli chiedeva come fosse nell'aldilà; un ragazzino delle elementari che voleva salutare un compagnetto di scuola che no, morto non era, ma che non vedeva più da quando i genitori erano dovuti tornare in Cina. Gli mancava tanto giocare con lui.

A frequentare quel luogo si capiva un po' più di come funzionava la gente.

Eppure non tutti i morti erano rimpianti. C'era chi i morti li odiava e non si arrendeva all'idea che la punizione fosse finita così. Ad alcuni pareva persino una fuga, come a dire, te la sei svignata, ti sei lasciato dietro questo casino e sono io adesso a dovermi sobbarcare il peso dei tuoi errori. I suicidi, ecco, quelli era raro la gente li perdonasse. Le mogli i mariti, i mariti le mogli. I figli, soprattutto in giovane età, erano i più feroci.

Takeshi si convinse che fosse per via dei reduci, dei rimasti, che la morte aveva effettivamente una faccia. Che senza di loro, la morte sarebbe stata solo una brutta parola. Brutta, ma in fondo anche inoffensiva.

Yui sviluppò invece una sua personale teoria. Cioè che la vita ad alcuni allentasse le giunture fin dalla culla e che quelli si dovessero arrabattare per tenere insieme i pezzi. Yui visualizzava chiaramente le gambe, il fegato, i piedi, la milza, tutto insieme sorretto dalle braccia di quelle persone, come scomparti del gioco dell'Allegro Chirurgo. Poi però, a un certo punto, qualcosa si assestava: si innamoravano, mettevano su famiglia, ottenevano un lavoro appagante, una bella carriera e parevano ricompattarsi. La verità era che iniziavano piuttosto a consegnare dei pezzi a parenti, ad amici di fiducia, imparavano che in fondo anche non bastarsi è la normalità, e che farsi aiutare a custodire una vescica o un cranio è cosa ovvia se si vuole fare pure altro nella vita. Bisognava fare assegnamento sugli altri.

E poi? Che succedeva? Ecco, era lì che secondo Yui entrava in gioco la Fortuna. Perché se quelli avessero perso qualcuno che aveva in custodia un pezzo fondamentale, non sarebbero stati più in grado di riformulare l'accordo. L'equilibrio spariva con loro.

Yui era convinta di essere precisamente una di quelle persone. E che prima di morire sua madre si fosse presa l'intestino e sua figlia un polmone. Per questo, per quanta felicità le si fosse posata mai addosso, avrebbe sempre mangiato e respirato a fatica.

Eppure sbagliava. E se lo avesse detto a voce alta, Takeshi glielo avrebbe spiegato.

Che è un vero miracolo l'amore. Anche il secondo, anche quello che arriva per sbaglio.

26

Parti del corpo affidate da Yui negli anni

il mignolo della mano destra alla compagnetta di banco delle elementari
(*tornato indietro integro dopo sei anni*)

il piede sinistro alla migliore amica delle scuole medie, cui si aggiunsero il piede destro ed entrambe le gambe, al passaggio dalle medie al liceo
(*tornati indietro dopo il trasferimento di quella negli Stati Uniti*)

il seno destro, la vescica e l'interno delle guance al padre di sua figlia
(*lasciati a languire, e sentendone forte la mancanza, se li riprese*)

la spina dorsale alla redazione della radio in cui lavorava
(*tuttora in consegna*)

il cuore a suo padre
(*tornato sgualcito quando quello si risposò, ci mise anni a guarire – a lui non consegnò più nulla*)

27

Quando Shio aveva iniziato a leggere la Bibbia del padre aveva trovato solo nomi. Una sfilza ininterrotta di nomi, che a leggerli a voce alta parevano nient'altro che suoni. Erano tutti gli esseri umani del mondo, si disse, quelli che c'erano e anche quelli che un giorno ci sarebbero stati. I numeri, poi, non avrebbe mai creduto potessero essere tanto potenti.

Chiunque le avrebbe ritenute le cose più noiose del mondo. E tuttavia l'epica di quelle parole, conquistava anche Shio, che le sussurrava seduto sul gabinetto, dove se le portava dietro per stare in pace a pensare. A forza di ripeterle diventavano formule magiche.

Le abbinava nell'immaginario a uno spesso banco di alghe, in un mare che ne fosse talmente zeppo da renderne difficile il varco. Astraendosi da ogni discorso, mentre recitava mezza pagina accovacciato sul water, immaginava i piedi immersi nello schifo più immondo che per lui era da sempre la sensazione del contatto con le alghe.

Non avrebbe mai potuto fare il pescatore come suo padre. Ed era convinto che quella constatazione, che era affiorata naturalmente nell'infanzia, fosse stata la prima immensa delusione per il genitore.

Nella Bibbia si parlava di pastori e di pescatori, delle bestie guidate nelle valli da un cane e un bastone, e del miracolo soprattutto che è tirare le reti e vedere che dentro ci sono dei pesci. Shio si domandava se non fosse per quello che suo padre amava tanto la Bibbia, perché in qualche modo ci si ritrovasse. Parlava senz'altro di lui: pescatore non di pesci ma di alghe.

Fin da bambino, Shio digrignava i denti a toccarle. Provava un pungente disgusto quando era costretto a introdursi nel mare per andare incontro alla barca del padre e quelle gli si incagliavano intorno ai polpacci, o quando gli amici lo sfidavano a nuoto dalla spiaggia e doveva per forza passarci attraverso nel tratto iniziale. Preferiva di gran lunga buttarsi dagli scogli, rischiare anche di sfracellarsi pur di non sfiorare quella massa ripugnante. Doveva ripetersi che mancava poco e sarebbe tornato a riva, che mancava poco e sarebbe giunto al largo.

Le odiava: puzzavano di pesce ma non erano pesci, il colore era imputridito e malsano, la *consistenza di moccio* come, da bambino, era solito dire. Anche il sapore era disgustoso. Suo fratello minore, quando voleva vendicarsi di qualche torto subito, gliele gettava contro, individuando in quelle il punto debole di Shio.

E tuttavia per suo padre le alghe erano tutto. Le raccoglieva ogni giorno con la sua barca, le tirava a riva e, distendendole come panni su lunghi pali conficcati sulla spiaggia, le lasciava asciugare. La madre di Shio e le sue sorelle facevano il resto: le alghe venivano seccate, confezionate con cura e infine spedite per il Giappone, nei vari negozi e mercati per essere vendute.

Quando aveva perso suo padre, Shio si era sforzato di farsele piacere, ma non ci era riuscito. Ci aveva provato con tutto se stesso, si era persino offerto di prenderne il posto sulla barca, di andarle a pescare. L'abitudine aggiusta ogni cosa, si era detto, ci si abitua a tutto.

Gli era bastata una settimana soltanto per capire che magari è vero, che ci si abitua davvero a ogni cosa, ma anche che la vita peggiora a stare vicino a qualcosa che si odia così. Ci si consuma, non ne vale la pena.

Come omaggio a suo padre, decise allora di ripiegare su altro. Invece di diventare pescatore scelse di studiare medicina, ma giurò che avrebbe imparato a memoria quel libro misterioso che riposava sul comodino del genitore, e che lui aveva letto uguale, ogni giorno, per anni: La Sacra Bibbia.

Non era credente, non lo sarebbe mai stato. E forse neppure suo padre lo era. Si convinse piuttosto che l'uomo affrontasse quel libro come una sorta di manuale, lezioni di vita impartite da una cultura lontana, forse così lontana che non la si sarebbe mai capita del tutto. Bella però, da togliere il fiato.

Shio sfogliava le pagine lise, puntava l'indice a caso e iniziava a recitare quella lista infinita di nomi, di cifre e di storie. E ogni volta ripensava a suo padre, al modo assurdo in cui era scomparso.

Il giorno del terremoto del marzo 2011, al largo di Ōtsuchi, il mondo si era sconquassato. Come un tappeto spinto d'avanzo verso la parete, il mare si era alzato in balze vertiginose e la barca del padre di Shio era stata schiaffata a riva. Ma la riva non c'era già più.

A bordo di quella massa spaventosa d'acqua, aveva raggiunto l'abitato, aveva sovrastato strade che lui stesso quella mattina aveva attraversato in bicicletta, palazzi in cui era entrato negli anni, edifici in cui avevano vissuto o lavorato persone che conosceva; e poi il vecchio dentista che aveva curato le sue carie da quanto era ragazzo, il barbiere che gli massaggiava con gentilezza la testa dopo lo shampoo.

La barca aveva oltrepassato ogni ragionevole demarcazione e si era depositata fin sulla cima di un palazzo, a sua volta sventrato dai detriti e dall'acqua. E lì era rimasta.

La barca ne era uscita miracolosamente intera. E tuttavia, nonostante il regime di semi-stabilità che grottescamente suggeriva, suo padre lì dentro, in quel viaggio stralunato dal mare alla terra, era rimasto tagliato a metà.

Yui e Takeshi incontrarono Shio nell'estate del secondo anno che si recavano a Bell Gardia.

Era un giovane uomo dal corpo sottile, con un'espressione concentrata e intelligente. Teneva i capelli rasati, per praticità, e una mascherina appesa alle piccole orecchie. Se ne scorgeva la bocca solo quando portava alle labbra la tazza di tè, e allora si notava anche il dente spezzato davanti, la nota corrucciata che gli animava la bocca. Aveva sempre con sé una borsa a tracolla da cui non c'era modo si separasse, e che avrebbero presto scoperto contenere la vecchia edizione della Bibbia del genitore.

Da tre anni e mezzo Shio entrava nella cabina di Bell Gardia per parlare col padre. Ci andava ogni due o tre settimane, e le date coincidevano spesso con quelle in cui Yui e Takeshi si mettevano in viaggio da Tōkyō.

Il pomeriggio e la sera era sempre in ospedale, dove era tirocinante, ma la domenica mattina si ritagliava due ore per andare al Telefono del Vento, e scoprirsi ogni volta più conscio – e arrabbiato – di ciò che gli era successo.

Suzuki-san ne conosceva i rituali a memoria e da lontano lo seguiva con gli occhi mentre Shio percorreva e ripercorreva a piedi il giardino e si perdeva nella vista del mare, tra le campanule in estate e gli *higan-bana* al principio d'autunno. Come anche Yui, Shio amava studiare il volo delle libellule che cavalcavano il vento nelle giornate di agosto e settembre a Bell Gardia e, riempiendo i polmoni di aria salmastra, faceva la conta dei fiori.

Quelle passeggiate piccine gli ricordavano gli erbari confezionati con la madre, le foglie che quella infilava tra le pagine dei libri che stava leggendo e aveva in borsa; ancora adesso, bastava sfogliare un volume a caso della libreria casalinga, per trovare una violetta schiacciata o le cinque dita rossicce di un *momiji*.

Shio amava soprattutto osservare da quella posizione sopraelevata le barche ormeggiate nel porto. Nei giorni in cui il mare era particolarmente increspato, si incantava a guardare le prue inalberarsi verso l'alto, per poi precipitare di nuovo da basso. Gli pareva, il loro, un costante annuire, come il volto delle infermiere che in ospedale cercavano di rassicurare i ricoverati, senza tuttavia fare distinzione: *Sì sì, lei ha ragione. Sì sì. Tuttavia faremo così, così come ora le spiego. Sì sì, capisco, eh sì. Ora si alzi da bravo, ora mi dia il braccio, ora apra la bocca, così.* Quel modo di fare comunicava a Shio una profonda tristezza, come se fosse l'età e non le caratteristiche individuali a determinare i rapporti tra le persone.

Eccoli i numeri, ancora. Nell'ospedale tutti venivano ridotti a nomi e a cifre come nelle genealogie della Bibbia. In quei momenti dubitava persino fosse tagliato per trascorrere tutta la vita in quel posto.

Quando, una mattina che si trovavano per caso riuniti a

Bell Gardia, lo accennò, Takeshi annuì. Capitava anche a Tōkyō, non era una questione di provincia, anzi, probabilmente nell'ospedale dove lavorava Shio c'era più cura, la gente si conosceva. Purtroppo più si era indaffarati, meno c'era modo di fare differenza; questo perché, banalmente, a dare importanza a ogni paziente la routine si spezzava, e un impiego senza routine alla lunga risulta sfibrante.

Yui trovava Shio brillante, dotato di una rara sensibilità. Takeshi ci rivedeva se stesso agli inizi, quando lavorare al Pronto Soccorso, saltare da un paziente a un altro, e magari anche tornare a casa con la schiena spezzata per le due sole ore di sonno dormite su una brandina, gli pareva la cosa più prossima al salvataggio dell'umanità.

Diventarono amici. Takeshi cercò sempre di dedicargli almeno un'ora per ascoltarlo e rispondere alle sue domande. Spesso finivano insieme al ristorante, e mentre Yui gustava i suoi ricci ribadendo di non curarsi di lei, Takeshi e Shio spalancavano spessi manuali di medicina, pieni di post-it e annotazioni del ragazzo, e discutevano.

Takeshi, sapendolo privo del padre, sentiva la responsabilità del proprio ruolo. Voleva aiutarlo, ma come? Quando Shio accennò a una borsa di studio per studiare a Tōkyō l'anno seguente, Takeshi pensò che avrebbe potuto fare concretamente qualcosa per lui. Raccolse informazioni sulle possibili università cui fare domanda: questa come ti pare? e quest'altra? Gli apriva davanti opuscoli che era andato appositamente a prendere in giro per la capitale e li scrutava con lui. E la specializzazione? Ci aveva pensato? Quella era una decisione importante: cambiava del tutto direzione alla propria carriera. E poi, che medico intendeva diventare? Uno che stava con i pazienti o uno che scriveva articoli da pubblicare sulle riviste? E ancora, lo conosceva l'inglese? Era uno strumento essenziale. Non si poteva proprio farne a meno.

Shio non parlava mai della famiglia. Solo di quanto studiava, delle cose che ogni giorno vedeva. In ospedale, per strada, alla mensa. Si mostrava entusiasta di ogni cosa Takeshi gli suggeriva. Voleva cambiare vita, voleva andare via di là!

Fu solo dopo un altro anno che Yui e Takeshi vennero a sapere la verità su suo padre.

28

Tre esempi di rinvenimenti tra le pagine dei libri della madre di Shio

1) A pagina 56 del libro di Kamiya Mieko, *Ikigai ni tsuite* (Tōkyō, Misuzu Shobō, 1966), una foglia di *momiji*.

2) A pagina 20 di *Otogibanashi no wasuremono*, testo di Ogawa Yōko e illustrazioni di Higami Kumiko (Tōkyō, Shūeisha, 2006), due aghi di pino.

3) A pagina 5, 33 e 50 del catalogo di Ishida Tetsuya, *Tetsuya Ishida – Complete* (Tōkyō, Kyūryūdō, 2010), rispettivamente due violette, un fiore di *higan-bana*, un'ala di cicala.

Nota: il vero nome di Shio era Shiori. Ma un giorno riempì di sale anziché zucchero la cioccolata calda che gli aveva preparato la madre, e da allora per tutti fu "Shio" 塩, il sale.

29

Shio alzava la cornetta e diceva “papà”. Gli domandava prima come stesse, che cosa facesse, e poi perché fosse rimasto *di là*. Il fratello usciva sempre meno di casa, la sua stanza era un porcile, e le zie erano davvero soffocanti (domandavano premurose, ma in continuazione, cosa avrebbero potuto fare per farlo star meglio: ma lui, che ne poteva sapere?). Era ora che il padre tornasse. Shio a reggere tutto, da solo non ce la faceva.

Otōsan, padre, papà: lo chiamava, lo pregava con quella formula uguale che, a reiterarla, pareva svuotarsi. Capitava persino che lo insultasse.

«Lo insulta? Come lo sa?»

«Me lo ha detto» rispose Suzuki-san il giorno in cui Takeshi gli parlò della documentazione che serviva per la borsa di studio.

«Quale borsa di studio? Dove?»

Avevano finalmente trovato l’università medica a Tōkyō, quella dove Shio avrebbe voluto specializzarsi. E la borsa di studio copriva interamente le spese di immatricolazione, la retta e l’affitto di una stanza del dormitorio.

«Ma davvero? Shio? A Tōkyō?» Suzuki-san cadde dalle nuvole.

Sì, sì, confermarono entrambi. Takeshi ribadì che quella borsa di studio valeva senza ombra di dubbio un tentativo. I voti di Shio erano alti e, per triste che fosse, l'essere orfano lo avrebbe aiutato a ottenerla.

«Shio non è pronto ad allontanarsi da qui» replicò Suzuki-san.

«Ma sono passati tre anni» commentò Yui lentamente, attenta a non comunicare giudizi.

«No, non intendo dalla scomparsa della madre, da quella un po' si è ripreso. È soprattutto per via del padre. Quell'uomo ha ancora bisogno di lui e Shio non riesce a lasciarselo indietro.»

Indietro? In che senso? Takeshi si fece vigile, c'era qualcosa di oscuro in quella risposta.

Capitava raramente, ma capitava, disse Suzuki-san. Che chi si recava a Bell Gardia non andasse a parlare con i morti, bensì con i vivi.

Yui e Takeshi si voltarono l'uno verso l'altra, esterrefatti. No, il padre di Shio non era morto, avevano capito bene. Lui stesso aveva avuto modo di incontrarlo quell'unica volta in cui il ragazzo aveva provato a portarlo fin lì, nell'estremo tentativo di far sì che l'uomo ritrovasse se stesso.

Quell'11 marzo del 2011 la barca del padre di Shio, anziché correre a riva, aveva fatto rotta verso il largo, così da cavalcare lo tsunami ed evitare l'impatto. E tuttavia l'onda era stata tale che l'imbarcazione s'era incagliata nella città in quel modo grottesco, appesa sopra a un palazzo come fosse un trofeo. A distanza di anni era diventato persino uno degli scatti-simbolo della catastrofe.

C'erano stati quei cavalloni immensi, e la barca era salita verso il cielo per poi ricadere in picchiata sul mare. Il terrore pazzo sul volto dell'uomo glielo avevano raccontato più avanti. Non era solo sulla barca quel giorno, c'era una donna con lui.

Non era stata la furia iniziale dello tsunami a sconquassargli il cuore bensì, con il passare delle ore, il risucchio incessante del mare e quel silenzio che schiacciava la baia. Tra le macerie aspirate a largo, il padre di Shio scorse decine di corpi, cadaveri infilzati dai legni o in pose scomposte, come in certi dipinti. Occhi sbarrati, come di soldati caduti in battaglia.

La donna, rannicchiata nella cabina della sua barca, lo esortava ad andar via di là, che certe cose la testa non è in grado di cancellarle. Lui però ribatteva che là fuori la gente moriva, le persone annegavano come formiche e che se ci fosse stato un sopravvissuto, anche uno soltanto, l'avrebbe dovuto tirare su.

Aveva inutilmente tentato di afferrare con una canna da pesca e una rete un ragazzo che galleggiava con uno squarcio vistoso sul capo: aveva indosso la divisa dello stesso liceo che frequentava suo figlio. Si era pigiato le mani sugli occhi, piangendo, quando aveva visto una neonata e sua madre all'interno di una di quelle scatole mezze galleggianti che erano le macchine, a decine, a centinaia, trappole in cui era affogata un mucchio di gente. Parevano pesciolini rossi raccolti alle feste di paese, già reclinati nei loro sacchetti prima di giungere a casa.

Con il passare delle ore, agli occhi del padre di Shio gli uomini diventavano creature del mare: anziani con gli arti secchi si trasformavano in granchi, uomini trascinati via dalla corrente si tramutavano in carpe, con quelle loro bocche voraci, spalancate. E poi case e negozi erano d'un tratto scogli, zattere cui aggrapparsi per non annegare.

Ma la cosa peggiore di tutte era che lui non aveva salvato nessuno, neppure quell'uomo che era stato scaraventato contro la fiancata della sua barca, e che fino all'ultimo aveva tentato di salire.

Nel momento in cui lo vide, il padre di Shio gli trovò addosso qualcosa di familiare. Doveva avere cinquant'anni, ed era completamente fradicio, se non per la parte più alta dei capelli, un piccolo tondo asciutto che dava l'idea della sua resistenza.

«Forza!» gli aveva gridato ripetutamente. Ma quello non aveva pronunciato una sola parola. Non aveva detto nulla né quando le loro dita si erano allacciate per un momento, né quando il padre di Shio, terrorizzato all'idea di cadere a sua volta, aveva abbandonato la presa. E mentre l'uomo veniva risucchiato dal mare e scompariva dietro la carcassa di una casa che andava sbriciolandosi in acqua, il padre di Shio si ricordò. Era il proprietario della panetteria in cui passava sempre il sabato pomeriggio, prima di tornarsene a casa dopo il lavoro. Quello che vantava allegramente di preparare il Melon Pan più buono di tutto il Giappone.

Una leggenda voleva che il padre di Shio avesse scambiato un corpo per quello della moglie. O che l'avesse effettivamente vista e che il rimorso lo avesse distrutto.

La verità era che l'impotenza l'aveva annientato. La donna aveva ragione, certe cose non le si dimentica più.

Da quel giorno era caduto in catalessi. Si era trasformato in un'alga. Una di quelle che un tempo lui sfilacciava e separava in due parti, una di qua e l'altra di là dell'asta di legno perché il vento le asciugasse. Il corpo era a posto ma la testa non c'era più.

E ora al Telefono del Vento Shio andava a parlare col padre, che era vivo e abitava sotto lo stesso tetto, e non con la madre, che invece era stata dichiarata dispersa. Anzi, lui si rifiutava di chiamarla perché da qualche parte, diceva, doveva pur stare. Shio confidava segretamente che proprio lei, un bel giorno, sarebbe tornata a riappiccicare le due parti del padre; sospettava che fosse persino una vendetta di lei, per essere stata tradita. Un pezzo, il migliore, se l'era portato via.

Nei cinque anni da allora, agli occhi del figlio, il padre era diventato Noè.

«È una storia tremenda» aveva sussurrato Yui. «Non c'è modo di...»

Stava per dire *ripararlo* ma si fermò.

Da quando si era trasferita a Tōkyō ne vedeva quotidianamente di persone che vagavano come giocattoli rotti: rimanevano a margine della folla, ai bordi della vita di milioni di altre persone che invece impostavano la sveglia alla medesima ora, si mettevano giudiziosamente in fila sulle banchine, in sincrono salivano e scendevano dai treni, pronunciavano decine di volte *ohayō-gozaimasu* e *otsukaresama-deshita*, ingoiavano la propria saliva, quella degli altri, si accasciavano, si rialzavano al capolinea dell'ultima corsa, ripartivano ancora.

Ripensò anche all'uomo che stringeva la cornice nella palestra della scuola. Si intenerì, anche se si rendeva conto che si trattava di due storie molto diverse.

Anche Takeshi attese prima di replicare.

«Non gli sarebbe utile invece, proprio per questo, allontanarsi per un po'?»

Lui da sempre credeva nel distanziarsi.

«A volte serve cambiare aria, anche solo per rendersi conto di quanto è successo» aggiunse.

«Ci hanno provato, ma Shio ogni volta si è rifiutato. All'inizio dice di sì ma poi alla fine rinuncia. È convinto che un giorno suo padre si sveglierà.»

«Ma è una cosa possibile?» domandò Yui rivolgendosi a Takeshi.

«Con il giusto percorso non è impossibile, ma ci vuole moltissimo tempo...»

Quel giorno, tornando in macchina verso Tōkyō, Yui e Takeshi parlarono poco.

Da quando frequentavano Bell Gardia guardavano con occhi diversi l'umanità. Le vite di molti erano venute a collidere con la loro, un piccolo urto circoscritto al caffè di Suzuki-san, oppure fuori, per le strade di Ōtsuchi e Kujira-yama. O ancora vite innestate alla loro, come quella di Shio.

Perché il ragazzo non aveva detto nulla del genitore? Perché aveva raccontato che era morto?

Probabilmente era solo perché, in un certo senso, lo riteneva più morto di quanto non fosse la madre. Perché, per quanto suonasse banale, Shio se ne vergognava, non solo del padre, ma anche di se stesso che reagiva così. Preferiva, grazie a una tragedia chiara, continuare a fargli una buona impressione.

«Quando se la sentirà, ce ne parlerà lui direttamente» strappò il silenzio Takeshi, mentre rientravano a Tōkyō.

«Sì, ne sono sicura» rispose immediata Yui.

Di chiarire il soggetto, tra loro, pareva esserci sempre meno bisogno.

30

Il brano preferito di Shio tratto dalla Sacra Bibbia

«Trascorsi quaranta giorni, Noè aprì la finestra che aveva fatto nell'arca e fece uscire un corvo. Esso uscì andando e tornando, finché si prosciugarono le acque sulla terra. Noè poi fece uscire una colomba, per vedere se le acque si fossero ritirate dal suolo; ma la colomba, non trovando dove posare la pianta del piede, tornò a lui nell'arca, perché c'era ancora l'acqua su tutta la terra. Egli stese la mano, la prese e la fece rientrare presso di sé nell'arca. Attese altri sette giorni e di nuovo fece uscire la colomba dall'arca e la colomba tornò a lui sul far della sera; ecco, essa aveva nel becco una tenera foglia di ulivo. Noè comprese che le acque si erano ritirate dalla terra. Aspettò altri sette giorni, poi lasciò andare la colomba; essa non tornò più da lui» (*Genesi* 8, 6-12).

31

Quando era nata sua figlia, Yui era rimasta esterrefatta. Una vita anche minuscola aveva bisogno di tutto, di piatti e posate, delle urla, di un frigorifero pieno, di ninne nanne e vaccinazioni. Aveva fatto in modo da abituarsi in fretta, benché non amasse il lato pratico delle faccende.

Aveva compilato giudiziosa il *boshi techō*, il quadernino della madre e del bambino che aveva ricevuto in Comune prima ancora che sua figlia nascesse. Ogni settimana durante la gravidanza aveva annotato il peso, la pressione. Quando poi era nata aveva trascritto precisa: 2.739 grammi, 47 centimetri di lunghezza. Tra le note aveva aggiunto: cinque dita per quattro, una montagna di capelli castani, piange come una forsennata.

Chiunque abbia vissuto un grande lutto, si domanda a un certo punto cosa sia più difficile tra l'imparare e il disimparare. Un tempo Yui non avrebbe saputo dirlo, ma adesso avrebbe risposto sicura che era il secondo, che era il disimparare a creare più resistenza.

Quando la bambina era morta, con una riga e con un pennarello aveva tirato una linea dal basso a sinistra all'alto a destra, segnando diagonalmente tutte le pagine vuote.

Aveva cercato di svolgere una serie di azioni, fisicamente, affinché anche quando la mente falliva, il corpo le sarebbe stato d'aiuto. Talvolta tuttavia le capitava ancora di contare con le dita quanti mesi mancassero alla vaccinazione successiva, di pensare a una cosa che avrebbe potuto acquistare per lei, e allora si rendeva conto che la mente, se impara, non rinuncia facilmente a quanto ha assorbito.

Con il raccordo del cordone ombelicale fu in dubbio. La credenza voleva che salvasse da ogni minaccia, che in caso di malattia avrebbe persino strappato la vita alla morte. Serviva frantumarlo fino a crearne una polvere sottile, farlo ingurgitare al malato.

La scatolina le era stata consegnata il giorno dopo il parto, aperta perché il pezzetto di carne, seccandosi, non ammuffisse.

Benché fosse assai disordinata di natura, Yui l'aveva custodita con cura. L'avrebbe donata a sua figlia il giorno delle nozze, come tradizione voleva.

Lasciò cadere il pezzetto ormai annerito nell'urna che riuniva sua madre e sua figlia, incapace di sbriciolarlo. Si era portata via le ceneri e le ossa di entrambe e poi aveva travasato una nell'altra, per tenerle vicine così come erano state trovate. Abbracciate.

«Abbracciate?» domandò una sera Takeshi, intenerito ma esitante.

Yui annuì. Aveva le mani sul volante, guidava verso Tōkyō di ritorno da Bell Gardia.

Era stata una bella giornata. Avevano fatto un barbecue insieme alla gente della zona, erano venute anche una trentina di persone da Ōtsuchi, di cui sette bambini. La vecchia col cane si era affacciata per portare in dono delle frittelle ripiene di marmellata di fagioli *azuki* e raccontare della nuora tedesca che era incinta, la moglie di Suzuki-san aveva preparato un *chirashi-zushi* delizioso. Keita, nell'euforia generale, aveva comunicato che aveva passato gli esami di ammissione all'università: sarebbe andato anche lui all'Università di Tōkyō, a Tōdai, come la madre.

Fu forse per la gioia provata quel giorno, o per l'anniversario che casualmente compivano entrambi («Sono esattamente due anni da quando siete venuti qui la prima volta, lo sapete?» aveva detto Suzuki-san, mostrando loro il quadernino su cui registrava le visite al Telefono del Vento) che Yui si sentì abbastanza forte da parlarne.

«Sì, erano abbracciate.»

Gli raccontò che quando al Centro Informazioni le avevano comunicato che avevano molto probabilmente trovato sua madre e sua figlia e serviva fare, a seconda dello stato dei corpi, il riconoscimento o l'esame del dna, era rimasta terrorizzata all'idea di vederle. E se da allora in poi fosse stata in grado di ricordarle solo così?

Tuttavia l'unica consolazione per lei fu proprio vederle, constatare la propria speranza, ovvero che non fossero morte da sole, ma insieme.

«Mi dissero che avevano una fotografia da mostrarmi, sempre che l'avessi voluta vedere, dipendeva da me. Allora gli chiesi di descrivermela prima. Dissero che le avevano trovate abbracciate, che sembravano vive e che, per quanto tragica fosse, era una scena tenerissima. Si erano commossi tutti a vederla.»

Sì, le avevano trovate allacciate, come una vongola chiusa.

«Quell'abbraccio era stupefacente, non so come spiegarlo, pareva che mia madre le mani le avesse annodate intorno al corpo di mia figlia. Sembravano essersi addormentate così.»

Quando i volontari le avevano rinvenute, avevano allungato per prassi le dita sulla giugulare spenta, sotto le narici piene di fumo, ma furono lungimiranti nell'immaginare una terza persona (un figlio? una figlia?) che le collegava. Se quella persona fosse stata ancora viva, pensarono, avrebbe voluto vederle.

Avevano scattato quindi una fotografia. E solo allora le avevano sciolte.

«Sono stati saggi» sussurrò Takeshi guardando fuori dal finestrino. Dopo un lungo passaggio di montagne si tornava a vedere l'oceano, sulla sinistra. Tōkyō ormai era vicina.

Quando lo vide anche Yui, immenso davanti a sé, rallentò.

Ancora? ebbe giusto il tempo di domandarsi, allungando di fretta le dita verso la cioccolata. Ma la nausea stavolta era più forte.

«Accosta» ordinò svelto Takeshi. Le avvicinò con la mano la vista di una piazzola di sosta poco più avanti. Pareva la tenesse sul palmo, distesa, per lei.

Yui scese di corsa, le chiavi a dondolare nella toppa.

Si mise di petto, per guardarlo bene in faccia.

Eccolo, ancora, ancora una volta. Guardava il mare e dentro c'era ogni cosa.

Ecco l'acqua che avanza, ecco le macerie accumulate come neve ai bordi delle strade.

Ecco il suo quadrato di due metri per tre nella palestra. Il matto che la osservava dall'altra parte della cornice e che la intitolava, scandendo chiaramente: «Quella che non mangia. Quella che guarda il mare invece della tv».

Ecco i corpi solo intravisti all'obitorio, pezzi di carne a

cui si cercava invano di dare un nome. I denti che si estraevano unicamente per risalire all'identità.

Ed ecco il mare, quel mare immenso che Yui andava a spiare ogni giorno. Abbracciata all'albero e insieme aggrappata alla cosa più forte del mondo, alla vita che suo malgrado era ancora dentro di lei.

Le immagini, una dopo l'altra e da capo, le tornarono su. Spingevano nelle viscere, come per uscire.

Per la prima volta da quando aveva iniziato a provare la nausea, Yui non fece niente per fermare quel fiotto, che uscì.

Di conato in conato pareva liberarsi da litri d'acqua salata e macerie, di quella poltiglia schifosa che aveva trattenuto a forza per anni, per paura che insieme a quella merda uscisse anche la memoria. La gioia, ad esempio, che aveva provato il giorno in cui era nata sua figlia, o quella che avvertiva nell'essere riuscita a pronunciare più sì che no nell'educarla. O ancora la felicità intensissima di ogni mattina, coprendola di piccoli baci per svegliarla. E di sua madre la mano, che sempre le posava sulla schiena quando quella usciva di casa e le diceva *Itterasshai*, la frase che le aveva sussurrato così tante volte da esserne sazia: «Yui-chan, sei proprio una magnifica figlia».

Takeshi le sorreggeva la fronte, senza parlare. Nel pugno dell'altra mano stringeva i capelli sempre più lunghi e neri di Yui, la banda gialla sul fondo.

Quando dentro di lei non rimase che aria, Yui si accovacciò. Sentì il bisogno di abbracciarsi.

Non pianse, non staccò però gli occhi un istante dal mare, convinta, come avrebbe avuto effettivamente modo di verificare, che non ci sarebbe stata più nausea, mai più, benché si fosse rassegnata a provarla per sempre.

Sbagliava. Non solo le cose migliori ma anche le cose peggiori hanno una fine.

Takeshi le restò sempre dietro, per non ostruirle la visuale del mare. Le accarezzò la schiena, prima dal basso verso l'alto mentre rigettava, cercando di facilitare il viaggio di quella misteriosa materia, e poi all'inverso, perché aspirasse meglio il vento che continuava a soffiare.

«Sono stata fortunata» mormorò Yui quando si fu ripresa, conscia in fondo che fosse la verità. «Io almeno le ho viste un'ultima volta.»

C'era gente che avrebbe cercato i corpi ancora per anni, che avrebbe dovuto rinunciare a trovarli. E per certe cose, se non le si vedeva, non c'era una fine.

Forse fu l'oscurità fittissima in quel tratto di strada, ma prima di risalire in macchina e riprendere il viaggio per Tōkyō, Yui posò gli occhi sulla pozza maleodorante che ora colava oltre il bordo della montagna.

La vide nera, luccicante, come appare il demonio nelle fiabe.

«Nero pece.»

«Non so il colore, Yui, ma...»

«Pareva un film horror, eh? Dillo pure!»

«Sul serio, mai visto nessun paziente vomitare così.»

Avrebbero riso fino all'ingresso di Tōkyō, avrebbero riso così tanto di quella descrizione insensata, di quel getto da cartone animato, da dover accostare ancora una volta. Fu per ridere ancora, fino alle lacrime, tenendosi persino la pancia.

Risero al punto che il fiato venne a mancargli.

32

La tradizione di heso no *o* へその緒
nel modo in cui fu spiegata a Yui
dall'ostetrica che l'aiutò a partorire

«Il Giappone conserva fin dall'antichità questa usanza, ovvero di consegnare dopo il parto alla madre il raccordo del cordone ombelicale. Nei mesi ha trasportato il nutrimento dalla madre al bambino: se ci pensi è, insieme alla placenta, la cosa più preziosa che c'è.

Si credeva che si sarebbe tramutato in una sorta di talismano in grado di proteggere il nascituro nell'arco intero della sua esistenza. Un tempo le madri lo consegnavano ai figli maschi quando questi partivano per la guerra e alle figlie femmine quando andavano in spose.

Si tramandava anche che, in caso di malattia mortale, polverizzarlo e ingurgitarlo rendesse salva la vita. Bello, no?»

«Lascialo lì aperto. Ora lo vedi bianco e lucido, ma già entro domani diventerà tutto secco, marrone, e non più grande di una nocciolina.»

33

«Le cose pratiche servono a mettere ordine.»

Si preannunciava come il principio di un lungo discorso. Takeshi lo intuì dal modo in cui le mani della madre rimasero ferme a mezz'aria.

«Il telefono, vedi, è una cosa pratica.»

Takeshi svuotava i resti della cena di ciotola in ciotola, le inanellava, premendo un piattino sull'altro e raccogliendo le bacchette nel pugno.

«Ho visto una fotografia del Telefono del Vento, è simile a quelli che si usavano ai miei tempi. Anche ai tuoi, in realtà, no? A guardarlo nella parte centrale pare piuttosto una collana, un rosario buddhista» disse la donna mimando un cerchio intorno al polso. «Uno di quei braccialetti che tengono i bonzi, hai presente?»

Ma di quante metafore ha bisogno una parola?

Takeshi sospirò. Si alzò da tavola mentre la madre sbucciava un mandarino. La cena era finita. Il profumo si sparse insieme alle bucce e lui posò le stoviglie impilate accanto al lavello.

Sua madre non era mai stata una di quelle che i maschi li lasciano fuori dalla cucina. Lo aveva piuttosto cresciuto convinta che tra un figlio e una figlia non passasse chissà quale differenza.

Takeshi mormorò l'ennesimo *sō desune, hontō da ne*, «è vero, sì, si capisce, è proprio così», e altri suoni che non diventavano neppure una parola. Di solito riuscivano un poco a calmarla.

«Vedrai comunque che servirà e le tornerà la voglia di uscire e di divertirsi. Alla sua età deve giocare, deve assolutamente giocare.» Il peso della frase della donna finì per pigiare tutto sul *deve*. «Se non gioca ora, quando lo farà?»

«Lo so, ma ci vuole tempo per queste cose, lo ha detto anche il pediatra» intervenne infine Takeshi.

Lo aveva detto? Davvero? Ora non ricordava, sarebbe potuto anche essere ma non ne era più tanto sicuro. Tuttavia Takeshi sapeva che con sua madre serviva l'autorità di un terzo, meglio se uomo, a fermarla.

«Ma non bisogna neppure esagerare. Il tempo fa passare certe cose, ma per certe altre invece scava... e se non ci si dà una mossa, poi rimangono i segni» replicò lei.

Erano quasi due anni che Hana non diceva una parola: se di cicatrici parlava, si era già molto oltre, non si illudeva nessuno. Takeshi non lo disse però, convinto che a qualcuno la certezza che bastasse una cosa così per risistemare le cose andasse lasciata.

«Vedi che si riprende, sono sicura. Portala a Bell Gardia e spiegale bene come funziona.»

Dalla finestra il cielo pareva rovesciarsi sulla montagna, le nuvole strozzavano il profilo del Fuji. In basso scorreva la ferrovia, i binari che a due a due si avvicinavano e si distanziavano strada facendo. Dopo la morte della moglie, Takeshi era stato tentato di cambiare casa ma si era riscoperto innamorato di quel paesaggio che si scorgeva diverso, ogni giorno, dalla finestra.

«Dalla prima volta che mi parlasti di questo telefono mi è venuto subito in mente il *butsudan*. Se ci pensi, anche quello serve a convivere con l'idea che tutto finisce. Hai come un poco di morte sempre in casa.»

L'altare casalingo, convenne Takeshi, era effettivamente un'abitudine che si manteneva in molte case in Giappone. Alcuni lo evitavano, per l'impegno di manutenzione che richiedeva, ma era indubbio aiutasse anche a sviluppare familiarità con la sparizione e la possibilità di instaurare un diverso rapporto con i propri defunti.

«Da bambina, per dire, mi ha fatto capire che le cose ci sono anche quando non le vediamo, che le persone che spariscono dal quotidiano non è detto scompaiano del tutto, anzi. Come i nonni, i genitori di mia madre, che sono morti molto prima che io venissi al mondo, o i due fratelli che avevo e che mia madre ha partorito già morti. Si facevano invisibili, ecco, ma non per questo muti. Traslocavano, diciamo così; dalla cucina o dalla camera da letto finivano in soggiorno, sul *butsudan*. Un giorno i nonni erano di là, il giorno dopo di qua.»

Takeshi annuì, ricordando il profilo dei propri bisnonni, nell'unica foto che conosceva di loro. Erano ritratti nello stile severo di un tempo: la donna seduta, in kimono, l'uomo in piedi accanto a lei. Sul volto un'espressione formale e altera. Il sorriso, si chiese distratto Takeshi, chissà da quando era diventato la normalità in fotografia.

«E queste sono cose che da bambina capisci solo col tramite della magia o di una religione non invasiva come la nostra» continuò la donna. «E poi ti dirò, parlare con i miei genitori da morti è stato molto più facile che farlo da

vivi. Mi toglievano praticamente sempre la parola: "sei più piccola, quindi devi tacere", dicevano sempre. Ma a ripensarci, guarda, mi viene da ridere: sarei sempre stata più piccola io, no?»

Takeshi raccolse le bucce dei mandarini rimaste sulla tavola, le gettò nella spazzatura iniziando a compattarla per la raccolta differenziata.

«È una tale consolazione il *butsudan*, e tuo padre mi sembra di averlo ancora con me.»

Takeshi ricordava la madre in costante dialogo col padre, che era venuto a mancare quando lei aveva quarant'anni e lui, che l'aveva sposata dopo i cinquanta, ne aveva venti di più. Recuperava soprattutto gli interminabili sfoghi di lei e la figura di quell'uomo impassibile e giusto che la stava pazientemente ad ascoltare. Lei che rovesciava sulla tavola il secchiello stracolmo della propria giornata e lui che cercava tra la sabbia, per valorizzare ogni microscopica conchiglia e farla felice.

E ora, davanti all'altare casalingo dove anche lui riposava, la donna si sedeva sulle ginocchia e la schiena diritta, accendeva l'incenso, poggiava dei dolcetti e del riso, e lo evocava perché la ascoltasse ancora, come quando era in vita. Il figlio la trovava spesso addormentata, in una posa divenuta scomposta, nella stanza del *tatami*, la testa poggiata allo *zabuton*.

«E sì, hai ragione. Tuo padre mi amava così, chiacchierona e disordinata» rispose allegramente la donna, quando Takeshi lo accennò.

Così finì che la risata che accompagnò la risposta si ingoiò quel po' di tristezza che le prendeva ogni volta che sentiva di essere troppo vecchia o stupida per migliorare le cose.

«Circa l'idea di portare anche Hana a Bell Gardia, comunque chiederò consiglio a una amica» riprese Takeshi per riprendere le fila del discorso iniziale e farne una buonanotte. «Potrebbe essere un tentativo da fare.»

«La donna con cui vai di solito a Iwate?».

«Sì, pensavo a lei. Yui conosce quel luogo meglio di me. Mi dirà se anche secondo lei è il caso di portarci la bambina» concluse Takeshi. «Dai, andiamo a dormire.»

Spense la luce della cappa che schiariva un ultimo riquadro di cucina e le ombre fuggirono via.

34

I dieci ricordi più intensi che Takeshi aveva di suo padre

Quando salirono sulla Torre di Tōkyō per la prima volta e videro quanto immensa fosse la città.

La mania che aveva a tavola di svitare e riavvitare i tappi delle bottiglie.

Il modo di ticchettare con le dita sulle cose.

La maniera goffa e confusa in cui tentò di spiegargli come nascevano i bambini.

Le volte in cui si appartava e telefonava alla sorella minore. Le conversazioni fittissime, a bassa voce, che intratteneva con lei.

Il modellino della Ferrari che gli portò in dono dall'Italia.

Quando lo vide piangere per la prima e unica volta: sua sorella era morta.

Quando andarono insieme ad assistere al *rakugo* ad Asakusa.

Il giorno in cui lo trovarono sulla poltrona, immobile, con il giornale caduto ai suoi piedi. Pareva addormentato, ma aveva avuto un attacco cardiaco.

Il volto pacificato nella bara, i fiori tutti intorno (gigli soprattutto) insieme ai dolci preferiti (*manju*) e alle parole crociate.

35

Takeshi se ne era accorto presto che Akiko, sua moglie, alla figlia cercava soprattutto di insegnare la fiducia.

Certo, come tutte le madri apprensive, nutriva il costante timore le potesse accadere qualcosa. Del male, soprattutto, e che quel male fosse per mano di una persona. «Le cose le temo di meno» diceva. La materia dura del mondo, le macchine per esempio, ruzzolare giù da una strada in pendenza. La impensieriva di Hana quel suo infantile cercare lo sguardo dei passanti, anche di un vecchio dall'espressione un po' laida.

Eppure, tra la paura e la fiducia, sceglieva sempre la seconda.

L'unico litigio che Takeshi ricordava d'aver avuto con la moglie fu quando un giorno, al ritorno dal caffè in cui madre e figlia andavano a fare colazione, Hana si era avvicinata per strada a un barbone per mostrargli fiera il disegno. «Guarda guarda» aveva strillato e Akiko, invece di tirare via la bambina dalla presa del senzatetto, aveva fatto sedere lì Hana, sul bordo del marciapiede, dilungandosi sulla giornata di entrambi.

Un poco di sospetto andava pure instillato nei bambini,

non lo capiva? Stava agli adulti insegnargli, disse Takeshi quella sera, non appena fu certo che Hana dormisse. I bambini il pericolo non lo riconoscevano, neanche capivano cos'era la morte: se Hana vedeva la carcassa di un insetto, credeva dormisse, se un adulto non le avesse stretto la mano a un passaggio a livello, sarebbe corsa probabilmente a braccia aperte incontro a un treno.

No! replicava forte Akiko, ad avere paura della vita e della gente la si rendeva solo meno forte. Stava a loro proteggerla finché non fosse stata in grado di capire. Ma prima serviva insegnarle la gioia.

«La vita bisogna amarla, Takeshi, delle persone serve imparare a fidarsi. Non fargliele odiare, non c'è via di scampo dall'odio» aveva concluso abbassando la voce.

Poi subito si era stretta forte al marito, nel modo che aveva imparato con Hana, quando la piccola si lasciava andare a tempestosi capricci di cui lei stessa non capiva la ragione.

Quella notte avrebbero fatto l'amore, pensando fosse il tempo migliore per dare a Hana un fratello. Di lì a tre mesi, per ironia della sorte, fu proprio cercando i segni di una gravidanza che Akiko avrebbe scoperto il tumore.

L'infanzia sparisce per chiunque. Tutti i bambini muoiono un giorno.

Così anche Hana un giorno sarebbe sparita, pensava suo padre. Serviva sbrigarsi a farla tornare.

Rinunciare al lavoro per via della maternità era stato un brutto colpo per la madre di Hana: studiava da quando aveva quattro anni per diventare cantante e le complicazioni della gravidanza, che l'avevano tenuta a letto per cinque mesi, le avevano reso impraticabile il canto. Il fatto che nessuno l'avesse obbligata, e che Takeshi si fosse sempre offerto di gestire la bambina insieme alla nonna, non rese meno dura la scelta. Era certa di doverlo fare, anche se nessuno gliel'aveva chiesto.

Quando nacque, Akiko e Hana presero a vivere in un regime di simbiosi assoluta e la madre mostrava di avere bisogno della bambina più di quanto la bambina non avesse bisogno di lei. La carriera si era fermata e Akiko aveva perso il coraggio di ritentarla dopo il periodo di pausa che giudicava troppo lungo. Indubbiamente le pesava, e tuttavia l'amore per Hana era una cosa immensa e si diceva spesso che stare insieme a lei la divertiva.

Avrebbe potuto chiedere aiuto alla suocera, che abitava vicino e non lavorava, ma le avevano ripetuto fino alla nausea da bambina che «Le scelte modellano l'esistenza» e lei voleva proprio vedere che tipo di vita sarebbe venuta fuori da quelle che aveva fatto. Faticava oltretutto a far fronte alla logorrea della suocera: non amava l'abitudine della donna di tirare i lembi delle camicie di Takeshi, di accarezzargli la mano alla fine dei pasti. Era disorientata dal modo in cui l'anziana correggeva Hana, o dalle carezze robuste che scombinavano le elaborate capigliature che lei le faceva ogni giorno allo specchio. Ne era gelosa, al punto che tra le due si venne a creare una sorta di amorosa competizione.

La suocera ammirava la nuora. Non sempre la capiva, come quando Akiko era melanconica e il giorno dopo contenta, e lei non si capacitava che dentro una sola persona esistesse una tale alternanza. E tuttavia nella giovane sposa era l'ottimismo che prevaleva, e già questo soltanto le pareva stupefacente.

La madre di Takeshi aveva impiegato vent'anni a scagionarsi dalle scenate che aveva fatto subire a suo figlio, soprattutto in quel lungo periodo di smarrimento quando il marito era venuto a mancare e lei si era trovata da sola a gestire una vita su cui, praticamente, non aveva mai messo le mani. Si perdonava soltanto ricordando la difficile situazione in cui era a sua volta cresciuta.

A ripensarci era un miracolo che il figlio avesse preso addirittura una laurea (in medicina!), e quella era una cosa che si ripeteva ogni volta che le veniva la paura d'aver buttato la vita: un figlio dottore! un figlio che salva la vita alle persone!

Eppure, con le amiche e con gli sconosciuti con cui le capitava di parlare, faceva in modo di non dare a vedere la propria sorpresa. Dare quel successo per ovvio la faceva apparire perfettamente integrata in un certo stile di vita, nel lussuoso appartamento a Naka-Meguro, nei fiori sempre freschi all'ingresso, nell'asilo privato della nipote.

Anche per quello, per la fatica che aveva alle spalle, pensava d'aver accumulato dalla vita un credito di una certa misura. Una buona compagna per suo figlio e per lei una nuora gentile, era il minimo che potesse arrivare.

Ed ecco Akiko, che giungeva come Mary Poppins alla casa dei Banks. Di quella ragazza dalla voce melodiosa le piaceva soprattutto come si comportava con Takeshi e con la bambina. Precisissima nel rigovernare la casa, non dimenticava una celebrazione o una bolletta. E tuttavia anche distratta, di quella leggerezza innata di chi non si impunta su ogni cosa sbagliata.

Ecco, stava lì soprattutto il bello di Akiko: sapeva lasciar correre il mondo. A differenza di lei, non se ne faceva una malattia se le cose non andavano come voleva. Certo, la nuora mangiava un po' troppo (aveva una ossessione per gli *special éclair* alla banana che lei francamente non condivideva), e baciava in continuazione Takeshi e la figlia. E poi era indubbiamente eccessiva nel sentimento, come talvolta sono le donne che rinunciano a se stesse per la famiglia, ma quell'allegria e quella fiducia erano rare. Per quanto si fosse impegnata, lei quel coraggio non lo avrebbe mai avuto.

Poi però Akiko si era ammalata e tutto era caduto come in uno strappo del suolo.

Quando un paio di settimane dopo il funerale ci si accorse che il silenzio della bambina non era destinato a passare, la madre di Takeshi temette che fosse una conseguenza diretta dell'amore. Se si è destinati a perderle, non è forse meglio rinunciare dall'inizio a certe cose? Se lo domandava, non aveva risposta.

All'inizio, per farsi coraggio, aveva pensato che in fondo ci sarebbe stata lei, una nonna ancora giovane e in buona salute.

Takeshi però non interveniva abbastanza, trattava Hana come una cosa fragilissima che aveva il terrore di sciupare. Lei stessa, del resto, non era da meno: aveva sviluppato nei mesi un timore remoto per quella creatura sempre zitta, che non si capiva cosa stesse a pensare.

Hana avrebbe portato sempre addosso i segni della perdita di quella madre speciale?

L'anziana si affacciava alla porta della sua cameretta, la invitava a fare una passeggiata, a guardare insieme la televisione, ma la bambina scuoteva la testa e tornava a ritagliare e piegare *origami* da sola, da sola a sfogliare libri illustrati. Amava soprattutto guardare dalla finestra i treni passare, infilarsi nell'abitato e scomparire.

Il posto che era stato della madre, Hana non era disposta a cederlo ad altri.

La madre di Takeshi si augurava perlomeno che Akiko avesse fatto in tempo a innestare nella figlia quella sua gioia eccezionale, staccata da tutto.

Si consolava al pensiero di questa nuova persona di cui parlava spesso suo figlio. Ne conosceva giusto le cifre del cellulare e l'immagine di sfondo del contatto su Line, una ballerina vestita di rosso che fluttuava nell'aria. Non che tra di loro ci fosse nulla, non che sapesse, ma chissà, si diceva talvolta per farsi coraggio, magari sarà lei ad aggiustare questa cosa bellissima e ammaccata che è la nostra famiglia.

Nelle preghiere quotidiane davanti al *butsudan* iniziò a fare anche il suo nome.

36

Le dieci cose più una che Hana e Akiko amavano fare insieme

Contare i *kan kan* del passaggio a livello e perdere il conto quando passava il treno.

Premere tutti i bottoni dispari dell'ascensore.

Dire «Akanbe! Bero bero be!» facendosi la linguaccia.

Andare al Mori Building per vedere Tōkyō dall'alto, domandarsi a vicenda «Casa dov'è?» e puntare il dito a caso in risposta.

Giocare al treno (Hana che afferrava la maniglia che Akiko aveva appesa alla borsa, e Akiko che faceva *Ciuf ciuf. Si parte!*).

Nella stagione dei ciliegi correre avanti e indietro a Naka-Meguro lungo il fiume, all'alba, prima dell'arrivo dei turisti. In mezzo ai turisti, fingere di parlare una lingua inventata.

Dire «Sono piena come un elefante».

Prendere la Linea Inokashira e scendere a Eifuku-chō per mangiare la pizza.

Aprire la bocca quando pioveva e dire «Che delizia! Bravo allo chef!».

Salutare tutte le statue di *tanuki* per strada, accanto ai ristoranti e alle abitazioni private.

Ordinare tre fette di torta al caffè, tutte diverse, e poi dividerle in cinque pezzetti. Il quinto giocarselo a *jan ken*.

37

Cosa ne pensi? Possiamo provare a portare Hana a Bell Gardia?

Takeshi glielo chiese quella sera stessa per messaggio.

La risposta di Yui fu che non lo sapeva. Ma che l'unica cosa che le veniva in mente era che magari sarebbe stato meglio spiegare prima alla bambina come funzionava il Telefono del Vento, raccontarle del viaggio, del giardino, di come faceva sentire suo padre. Farne una storia, insomma. E poi, se sembrava incuriosita, di invitarla ad andare con loro la domenica successiva. Senza forzarla però.

Questo fu tutto e Takeshi le diede retta.

La sera, insieme alla fiaba della buonanotte, le lesse il libro che era stato creato da una illustratrice giapponese pensando proprio a Kujira-yama.

Le disse che era così che parlava a sua madre, e la teneva informata di come stava Hana e di come stava lui. La sentiva vicina ed era sicuro che lei lo stesse ascoltando.

Il viaggio? Beh, il viaggio durava tantissime ore, ma si vedevano paesaggi stupendi.

«Il mare, Hana, sapessi di quanti colori è il mare d'inverno.»

Quella stessa notte, Yui evocò un venerdì di cinque anni prima.

Sua figlia non aveva ancora due anni ed erano in treno, lei urlava e Yui cercava inutilmente di contenerla. Ora, a recuperarle, non avrebbe saputo dire se fossero grida di gioia o sconcerto, se pretendeva qualcosa che lei non le dava (un biscotto? il cellulare?) o magari era eccitata e accompagnava a suo modo il sentimento. La voce comunque era alta, stringeva le pareti della carrozza, e non accennava a placarsi.

Fu allora che qualcuno urlò *Urusai!* Zitta, stai zitta.

Girandosi nella carrozza aveva visto un uomo con un ventre pesante, la zazzera bianca, occhiali dalla montatura sottile ma larga che cingevano gli occhi. Occhi né buoni né cattivi. Solo occhi.

Prima ancora di girarsi, Yui d'impulso aveva scandito *Sumimasen!* Era abituata a scusarsi, a priori. Con i bambini serviva imparare in fretta ad abbassare la testa, a domandare perdono. In fondo si trattava solo di qualche parola.

Ciò che era stato davvero stupefacente però, e che le tornava in mente ora, era stata la reazione di tutti, anche della bambina. Un silenzio di miele colato nella carrozza, e tutto che aveva trattenuto il fiato. E poi, dal fondo del treno, da una bocca di cui si vedeva solo un pezzettino bianco di testa, era iniziato un canto.

Zō-san zō-san... Elefantino, Elefantino, dal naso lungo lungo.

E mentre cantava, la voce si incrinava un poco nella risata. E la cosa stupefacente fu che dopo la seconda strofa, al canto si unì la voce di un altro, e di un'altra ancora, e

Yui, commossa, vedeva l'elefante materializzarsi davanti a sé con la proboscide, le zampe di coccio e tutto il resto.

Lei e sua figlia parevano piombate nel bel mezzo di una bellissima festa e ora a cantare sembrava l'intera carrozza.

L'uomo che le avrebbe volute ridurre al silenzio, taceva. Cercando di spegnere un interruttore, ne aveva inavvertitamente premuto un altro.

E ora, spegnendo la luce sul comodino, Yui sorrideva. E pensava che sua figlia aveva davvero un potere fenomenale. Che anzi i bambini, nessuno escluso, erano capaci di innescare reazioni miracolose.

38

Titolo originale del libro illustrato
che Takeshi lesse a Hana quella sera

Yōko Imoto, *Kaze no denwa*, Tōkyō, Kinnohoshi, 2014.

39

«Da sola?»

Il mento toccò l'attaccatura del collo. Era convinta, sì, annuì.

«Ma da sola? Sei proprio sicura?»

La domanda andò in loop, ritrasmessa costantemente dalla voce e dalle sopracciglia del padre. Le aggrottava e poi le distendeva, come indeciso su quale risposta fosse quella giusta.

«Dai, ti accompagno fino all'entrata, magari ti passo la cornetta.»

Fu irremovibile Hana. Si piegò, slacciandosi dalla presa del padre.

Anche il padre si abbassò, fletté le ginocchia e sentì vacillare la schiena. E se invecchio? si chiese, non posso invecchiare. Non per altri vent'anni perlomeno.

Alzò gli occhi e al margine del giardino di Bell Gardia vide Yui consegnare la solita confezione gialla dei dolci alla banana a Suzuki-san. Parlava con l'uomo, chinava la testa e gli sorrideva, eppure Takeshi era certo i suoi occhi fossero sopra di lui.

Desiderò in quel momento che Yui tornasse a casa con

loro, che lo aiutasse a portare in cucina i sacchetti della spesa, a rimettere ordine nell'armadio della bambina, a smontare insieme le decorazioni di Capodanno. Sarebbe stato bello se fossero andati insieme al tempio e avessero pregato la divinità per un anno pieno di salute e serenità. La desiderò vicina, anche quando fossero diventati vecchi e un po' sordi.

Oddio, erano a quel punto? Possibile fossero arrivati già lì?

Si domandò sgomento se anche Hana se ne fosse accorta, i bambini erano talmente svegli.

E poi, sarebbe stato mai in grado di distinguere l'amore personale per una donna, da quello plurale che comprendeva la figlia?

Yui si voltò, chiamata dall'insistenza dello sguardo di Takeshi, che subito però lo distolse, imbarazzato. Accarezzò piano la testa spettinata di Hana.

«Va bene allora, faremo così» le disse. Sarebbe andata da sola e lui avrebbe aspettato fuori.

La bambina si staccò dal tocco del padre. A piccoli passi si diresse verso la cabina, la campanella sull'arco tintinnò. Takeshi trattenne il respiro. Che succedeva? Pareva un adolescente con il batticuore.

Takeshi raggiunse Yui nel momento in cui Suzuki-san rientrava in casa e Hana sganciava la cornetta. Placido e nero, l'apparecchio calava dall'alto sul suo orecchio.

«È così piccola.»

«Non per la sua età» replicò Yui con dolcezza. «Mi pare perfettamente allineata alla media.»

«Intendevo lì dentro.»

Erano immobili sulla soglia.

«È voluta andare da sola» riprese.

«Ho visto, sì.»

«Per parlare qui, non c'è bisogno di voce, no?» chiese Takeshi.

«No, non ce ne è affatto bisogno.»

Il padre si mosse, cambiò inquadratura, e dentro la cabina vide la figlia che schiudeva le labbra, e le labbra che si aprivano e si chiudevano decine di volte.

Rimase impietrito, incapace di precipitare in un sentimento più netto. Sbattevano aria soltanto o dicevano invece qualcosa? Stava parlando? Hana stava parlando?

«Parla» esclamò. E subito: «Parla?».

«Sembra che parli, sì» mormorò Yui.

«Non si può dire però.»

«No, con certezza non si può dire.»

«No?»

«È difficile dirlo da qui. Siamo troppo distanti.»

«Ma parla?» ripeté Takeshi.

«Sembra di sì.»

Il vento si alzò vigoroso, in uno schianto si strappò un ciuffo di foglie, un vetro sbatteva nelle vicinanze, un cane abbaiò. Quella nuvola di suoni parve una nebbia che si alzava per proteggere l'intimità della bambina.

Yui, benché lo nascondesse, non era meno emozionata di lui. Avrebbe voluto abbracciare Takeshi, ma si controllò.

Fissò lungamente il profilo di Hana che occupava poco più della metà delle cornici del padre. In ogni rettangolo entrava più corpo, una spalla intera e un pezzo del braccio. Un'altra decina d'anni e lo avrebbe raggiunto.

40

Frasi volate nel vento di Bell Gardia nel mese di giugno

«Non ti amavo allora quanto ti amo adesso.»
«Piove sempre, inizia a stancarmi.»
«Zia, dove sei?»
«Pronto, nonno? Com'è che si passa il tempo dove sei?»
«Sono morte 71 persone in un incendio di un grattacielo di Londra.»
«Se torni giuro, lo giuro...»
«Sei per caso tu che mi nascondi le cose? Ultimamente non trovo più niente...»
«Ho trovato il tuo diario, mi dai il permesso di leggerlo?»
«Mamma, sono Hana. Ti ricordi ancora di me?»
«Papà?»

41

Quando nessuno si attende il miracolo, il miracolo avviene.

Yui aveva incontrato per la prima volta la bambina quella mattina. Dopo averne sentito parlare per più di due anni, adesso la guardava negli occhi, le teneva la mano. Era docile e tranquilla, un perfetto esemplare di ragazzina di sei anni. Ancora pochi mesi e sarebbe entrata alle elementari.

Quando Yui, invece di suonare il clacson, aveva accostato ed era scesa dalla vettura per farglisi incontro, Hana le aveva sorriso con un piccolo inchino. Pareva sapere perfettamente lei chi fosse e perché si trovassero tutti e tre insieme lì.

Yui aveva guidato con una cautela aggiuntiva, lanciando brevi occhiate allo specchietto retrovisore per controllare che Hana, nel seggiolino che avevano affittato appositamente per il viaggio, fosse a proprio agio.

Lo avevano installato dietro il sedile del guidatore e Takeshi viaggiava accanto a lei.

Avevano fatto la solita sosta al Lawson di Chiba, Hana aveva comprato un budino al gianduia e una bottiglietta di latte al cacao. Andava matta per la cioccolata e quando l'oceano fu in vista, Yui allungò la mano indietro per porgerle una scheggia della sua tavoletta. Nonostante non avesse provato più nemmeno uno spasmo, continuava ad acquistarla, tanto era ormai abituata a quel rito.

«Vedo il mare e la salivazione aumenta, ma solo perché sono diventata golosa» aveva commentato divertita. «Un disastro.»

La cioccolata la voleva a prescindere. Anche lei la adorava.

«Se abitassi sul mare peserei un quintale.»

Hana si era abituata subito a Yui, come ci fosse sempre stata tra loro. Si vedeva che le piaceva.

E quando la bambina uscì dalla cabina e corse incontro alle ginocchia del padre e le abbracciò forte, quando si commossero entrambi e Yui fece per lasciarli da soli, fu proprio Hana ad afferrarle l'orlo della giacca, risalendo alla manica e infine alla mano, a tirandola verso di sé.

Era il momento giusto. Sempre quando accade qualcosa di bello lo è.

Il padre, prima ancora della figlia, doveva essere pronto. Takeshi finalmente lo era. E Hana parve capirlo.

Fu così che quando Takeshi si chinò per abbracciare la bambina e quella affondò la testa nel collo del padre iniziò a parlare di nuovo, e disse solo cose normali. Cose da bambina, cose proporzionate alla sua età.

Aveva fame, e pure un po' sete. No, il vento non la disturbava anche se effettivamente era forte. Era bellissimo là.

E benché Hana non si sarebbe mai trasformata in una chiacchierona, nel viaggio di ritorno commentò quanto le piacesse la cioccolata, ed entrambe, lei e Yui, al *kombini* che incontrarono sulla strada, acquistarono una montagna di dolci. Sotto gli occhi divertiti di Takeshi scartarono, succhiarono, masticarono, scrocchiarono, sbriciolarono, leccarono ogni possibile prodotto che avesse la parola *choco* sulla confezione.

Yui raccontò di come sua madre, da bambina, le comprasse sempre una doppia ciambella. Una per ora, una per chi lo sa. Come se la fine della felicità proprio non gliela volesse insegnare.

«Ora che la finisci, vedi che c'è l'altra, mi diceva. E puntualmente accadeva che lo spazio nello stomaco per un'altra ciambella proprio non c'era e quella povera ciambella invecchiava nella credenza, senza che nessuno la toccasse.»

Ci si poteva permettere il lusso di avere più fame, oppure di meno.

«In ogni caso ce ne sarebbe stata sempre un'altra.»

Hana spalancò la bocca ammirata.

«Anche tua mamma ne comprava tantissime» intervenne Takeshi. «Molte più di quante si riuscisse a mangiarne.»

«Magari la nostra passione per i dolci dipende da quello» commentò Yui.

Come se le due memorie fossero allacciate in qualche maniera, Yui recuperò un giorno di aprile, la bocca piena di sua figlia, le guance tese e la sua prima frase compiuta in assoluto: *Voglio tanta torta.* Era il compleanno di Yui, la bambina traslocata per il rito delle candeline sulle ginocchia, addosso la sensazione calda del suo corpo irrequieto. Il dito goloso che si infilava nella panna, sventrava la forma e la portava alla bocca.

«Cosa è rimasto nella busta?» domandò Yui, indicando con gli occhi il sacco del *kombini*. Il ricordo della figlia preferì tenerlo per sé.

«Ancora? Ma quanto mangiate?» avrebbe ripetuto quella sera più volte Takeshi, fingendosi sazio, ma solo per guardare Yui e Hana mettere in bocca qualcosa e sentirle esclamare: Buono! Che buono! Non ti pare il migliore di tutti? Croccantissimo sì. Sarebbe il massimo un po' riscaldato al microonde. Magari con la panna sopra! Sì, la panna fresca sopra! E polvere di cannella! E di cacao? Sì anche di cacao, hai ragione!

A Takeshi divertiva il modo che aveva Yui di trovare nuove parole per descrivere il cibo, come i personaggi alla tv che inventavano parabole altissime per nominare un solo bignè. Soprattutto lo emozionava la voce cristallina della bambina: si posava sulle cose, su parole normali, facendole vibrare di suoni eccezionali. Parevano polpastrelli sui tasti di un pianoforte.

42

Lista di cibi al cioccolato comprati da Yui e Hana al kombini *al ritorno da Bell Gardia*

Budino al gianduia e crema di pistacchio.
Involto di crepes al cioccolato e banana.
Mochi ripieno di cioccolata.
Ovetti di cioccolato con una mandorla intera dentro.
Bastoncini di cioccolata tempestati di mandorle e nocciole.
Panino alla crema di cioccolato e maccha.
Panino soffice con quadratini di cioccolato.
Sacchetto di cioccolatini al cacao 75%
Scatola di cubetti di cioccolato al caramello salato.
Biscotto morbido al cioccolato.
Confezione da due biscotti croccanti con scaglie di cioccolato.
Latte al cacao in lattina x 2.

43

Sarebbero tornati insieme a Bell Gardia. Non ogni mese, perché per una bambina dell'età di Hana sette ore all'andata e sette al ritorno erano davvero troppo impegnative, ma tutti e tre si sarebbero incontrati il sabato *o* la domenica, il sabato *e* la domenica a Tōkyō, per vedere un film al cinema, mangiare un pancake a forma di fiore, o lanciarsi a ripetizione – anche cinquanta volte una di seguito all'altra – sullo scivolo di un parco di periferia.

Delle tante cose che vissero insieme, una rimase a echeggiare più a lungo nella memoria. Fu la festa tradizionale dell'*o-bon*, in agosto, durante le vacanze estive di Hana e di Yui. Vi si celebrava il ritorno degli antenati, l'accoglienza dei defunti nella propria dimora.

«Quest'anno facciamo le cose per bene» annunciò Takeshi.

Appesero lampade *chōchin* fuori dalla porta, come l'usanza voleva, perché gli spiriti non smarrissero il cammino e giungessero presto alla casa dei discendenti. Hana lavorò alacremente per ricreare cavalli e mucche da melanzane, cetrioli e stuzzicadenti («Cavalli per una rapida venuta, e buoi per un lento ritorno al mondo dei morti»);

Yui riprese il libro di ricette della madre e impastò *mochi* e marmellata di fagioli facendone *o-hagi*, Takeshi si occupò di reperire i fiori e gli ingredienti per le offerte sugli altari di famiglia, il proprio e quello di Yui.

Nel viaggio in sella al cavallo verde e bitorzoluto, Hana vi immaginava impegnata la madre e il nonno paterno, che non aveva mai conosciuto, e a cavalcare accanto a loro, con la stessa andatura briosa, la mamma e la figlia di Yui. Si rappresentava quella processione con tale vividezza che ne fece un disegno. Lo donò a Yui, che se lo appese con lo scotch sulla porta della cucina. Si inteneriva ogni volta che ci passava davanti.

La sera del sedici agosto Hana e Yui indossarono due sgargianti *yukata* e andarono al mare. Takeshi le raggiunse alla fine del turno in ospedale, anche lui con uno *yukata* preso in prestito da un collega e i *geta* nello zaino. Si cambiò frettolosamente nel bagno della stazione e tutti e tre, mano per mano, si avviarono verso la lingua di terra che collegava l'isoletta di Enoshima alla regione del Kanagawa.

Hana scoprì che nell'antichità le persone credevano che l'aldilà si trovasse dalla parte opposta di mari e di fiumi così che, in molte zone del Giappone, si teneva quel bellissimo rituale che consisteva nel porre offerte o minuscoli fuochi su barchette di carta, lanterne che si lasciavano scorrere sulla superficie dell'acqua, verso il largo, affidate alla corrente.

I due adulti e la bambina si chinarono insieme sulla lanterna di carta su cui avevano trascritto i nomi della moglie di Takeshi e della madre e della figlia di Yui, osservarono assorti le pepite di luce e i *kanji* d'inchiostro che vi fluttuavano sopra. Poi schiusero i palmi in sincrono, liberandola in mare.

«Hai avuto una bellissima idea» sussurrò Takeshi stringendo per un momento la mano di Yui.

Si avviarono a piedi verso l'isola e salirono per pregare su fino al santuario in cima alla montagna. Yui chiese alla dea Benten l'abilità di preparare dei *bentō* migliori per Hana, lei che per la cucina non aveva mai avuto talento; Takeshi domandò altre giornate così e Hana si limitò a fissare rapita i riflessi tremolanti delle lanterne. Viste da lì parevano lucciole a pelo dell'acqua.

Quella notte, per la prima volta, Yui sarebbe rimasta a dormire da loro. Si sarebbe coricata vicino alla bambina.

«Resta finché non mi addormento» l'aveva pregata.

«Sei agitata per qualche motivo?»

«No, no, per nessun motivo» aveva risposto Hana. Lo voleva così, come si può volere un secondo caffè la mattina o d'inverno un'altra coperta.

Yui si era addormentata a sua volta e Takeshi l'aveva lasciata dormire. Si sarebbe svegliata con un torcicollo tremendo e due segni profondi sulla guancia sinistra. Ma ne sarebbe valsa la pena: il ricordo di quella colazione le sarebbe rimasto addosso per mesi come una carezza.

Quando, giorni dopo, Yui trovò in libreria un albo illustrato che riportava in tinte pastello tutti i vari paradisi del mondo e i regni ultraterreni, lo acquistò. Lo mise tra le mani di Hana in un momento in cui erano insieme, mangiando *sukiyaki* dopo una giornata in cui era andato tutto storto.

Alle radici del mondo, secondo una visione nigeriana, c'era un toro; tre pesci, secondo i tartari dell'Altaj, i quali causavano periodicamente inondazioni per punire le cattive azioni degli umani. Nell'Indonesia di Sumatra, a sorreggere la terra e i sette strati di cieli accatastati sopra (al cui apice cresceva l'albero sulle cui foglie erano scritti i destini di tutti), c'era invece un drago-serpente. Si credeva che i suoi spostamenti provocassero terremoti.

«Come in Giappone!» strillò subito Hana.

«Sì, sì come in Giappone» le fece eco Yui ricordando stampe Ukiyo-e che disegnavano l'arcipelago giapponese in balìa di un pesce gatto, il *namazu*, responsabile dei disastri con i suoi colpi di coda e i lunghi baffi.

Leggendo ridevano: il genere umano era davvero fantasioso.

Takeshi, che quella sera si unì a loro dopo un turno massacrante in ospedale, amò particolarmente il mondo Yekuana del Venezuela. Sul divano, con una birra davanti e una ciotolina di fave salate, discusse con Hana e con Yui la possibilità che davvero la cosmologia prendesse a modello una casa tradizionale: in fin dei conti se la propria abitazione aveva quella forma, perché non avrebbe dovuto essere così l'intero universo?

Quella però che forse li colpì maggiormente fu la visione Ojibwa, del Canada Manitoba. Il sogno era al centro della narrazione, dai sogni si imparava la relazione tra gli umani e i non-umani, vi era modo di esplorare luoghi ancora sconosciuti senza il fardello del corpo.

«Se sogni bene, avrai una vita lunga e bella» diceva un nonno al nipote e Yui ricordò uno dei primi discorsi fatti con Takeshi.

«Io che riconcepivo ogni notte mia figlia, tu che fornivi a Hana linee guida, ricordi?»

«Certo, sembravamo due matti.»

«E invece eri il suo spirito guardiano e nemmeno lo sapevi» gli avrebbe detto ridendo Yui quella notte, salutandolo sulla soglia.

Periodicamente avrebbero sfogliato ancora quel libro, e ogni volta sarebbero tornati alla cosmologia Ojibwa. Hana la preferiva su tutte le altre non per la storia del sogno, bensì perché lì i defunti finivano in una Terra dei Fantasmi dove, per nutrirsi, non serviva cacciare (e fin qui) ma dove soprattutto non esisteva l'inverno. Sua madre era una gran freddolosa e Hana ricordava distintamente quella lamentela costante su quanto si gelasse in casa, su quanto brutto fosse avere freddo, che lei persino la sgradevole estate umidiccia di Tōkyō la reggeva meglio, ma il freddo lo odiava con tutta se stessa (salvo poi, in estate, replicare la medesima protesta al contrario). L'idea di un luogo dove sua madre non dovesse girare in calzettoni di lana, con uno scaldino premuto sulla pancia, le piaceva da matti.

Fu solo varcato il portone, trovandosi in strada, che a Yui tornò in mente che un tempo, quando erano in vita, lei e sua madre e sua figlia si scambiavano i sogni.

Come aveva fatto a scordarlo?

Yui, che non era mai stata una chiacchierona, amava tuttavia svegliarsi e raccontare quello che aveva sognato. Prima alla madre, quando era bambina. Poi a sua figlia, quando era adulta. Aveva la tendenza a trattenerli, come vi fosse intenzione, anche se non c'era.

Mentre mescolava la zuppa, diceva a voce alta cosa era accaduto quella notte, con chi aveva discusso, di cosa, che posti aveva visitato, di chi (se si poteva dire a voce alta) si era innamorata. E lo faceva come si trattasse di un gesto necessario alla preparazione del riso o al taglio del pane, come qualcosa di inscindibile dalla colazione. Cosicché la figlia, che si accoccolava felice nel timbro allegro di Yui, era abituata al pesce o allo yogurt conditi dai sogni della madre.

In treno, in piedi accanto al vetro della portiera, nonostante il convoglio fosse pieno di posti a sedere, Yui adesso osservava Tōkyō stagliarsi dipinta su uno sfondo di lava. E ricordò insieme anche il giorno in cui sua figlia iniziò a restituire il dono della parola.

Che sogni meravigliosi allora inventava; assemblava in modo casuale, d'istinto e d'emozione, le parti della sua piccola vita: abiti e fiori esplodevano in un campo di elefanti e leoni, paure, dinosauri e divieti, questi ultimi ripetuti con le stesse parole con cui venivano ripetuti a lei.

Yui ricordò come da quel giorno fosse stato tutto uno scambio di sogni, perché anche sua madre, quando veniva presto a trovarle, amava partecipare a quel gioco. Entrando la mattina nella loro cucina, si sarebbe detto che l'allegria fosse un vizio di famiglia.

Quella sera Yui rientrò nel silenzio condensato della sua casa pensando che i ricordi erano come le cose, come quel pallone da calcio che dopo un anno dallo tsunami era giunto sulle coste dell'Alaska, a 3.000 miglia dall'altro lato dell'Oceano Pacifico.

Prima o poi, tornavano a galla.

44

Titolo originale dell'albo sull'aldilà regalato da Yui a Hana

Guillaume Duprat, *L'Autre monde. Une histoire illustrée de l'au-delà*, Paris, Le Seuil, 2016.

45

Frequentare Hana fu per Yui la prova più grande. Proiettare la figlia, la sua vita potenziale, sulla figlia di Takeshi, fu un'operazione involontaria ma persistente. Ci volle del tempo per distanziare le cose e soprattutto per non sentirsi in colpa nel ricaderci ogni volta. Si alleggerì dell'ansia che a volte la prendeva, immaginando come Hana, a modo suo, provasse il medesimo affanno.

Capitava tuttavia che, poco prima dell'ennesimo incontro, un pensiero le guastasse l'umore. Si immaginava a toccarla o a darle un bacio sulla testa e a non sentir nulla. Assolutamente nulla. Carina, dolce ma basta, una bambina qualunque, come tante sconosciute che incrociava per strada.

Oddio, si domandava, *e se davvero non fossi preparata ad amarla?*

Non proverò nulla, si minacciava, *e ne uscirò distrutta*.

Eppure ricordava di aver letto una riga, forse mezza, in un libro di pedagogia. Che diceva (lo ricordava benissimo perché l'aveva sconvolta) che la distanza serviva ad amare meglio, con maggiore riguardo. Che non era una brutta cosa, la distanza, anzi. La sua mancanza piuttosto nuoceva e l'emozione più pura, l'amore spontaneo e viscerale, quello serviva soltanto a giustificare l'errore, lo scatto.

Ecco, ricordava di aver pensato, *l'amore è pericoloso. E spesso serve a perdonarsi le cose peggiori*.

Nel giorno del compleanno di Hana, Takeshi organizzò una piccola cena. Il pomeriggio si recarono al tempio, di ritorno dalla spesa che fecero al supermercato. Hana aveva deciso il menù della sera: ostriche fritte, insalata di patate, zuppa alla crema di mais e una torta con sopra dipinta Kiki la strega e il gatto Jiji.

Yui, più acuta di Takeshi, si accorse che era all'animale soprattutto che Hana teneva, e gli suggerì il desiderio della bambina. Esaudirlo stava a lui, eventualmente.

Era novembre e nel santuario era tutto uno sciamare di bimbi, *kimono* nei colori brillanti dello *shichi-go-san*, la festa dei tre e sette anni delle bambine, e dei cinque anni per i maschietti.

«Ti dispiace non aver festeggiato quella dei tre?» domandò Takeshi alla figlia mentre salivano i gradini di pietra. Urtò con le buste una anziana che, tutta presa dal proprio nipote, non si accorse di nulla.

«No, però quando faccio sette anni ci tengo» rispose Hana rapidamente. Del passato e di quanto non era stato non amava parlare.

«Compriamo un *ema* e lo attacchiamo, ti va?» si affrettò a cambiare argomento suo padre.

Non ci fu bisogno di suonare il campanello del negozio. C'era un tale viavai di persone che, nonostante il vento soffiasse gelido, la *miko* teneva spalancato lo sportello scorrevole. Takeshi chiese una tavoletta di legno. C'era sopra stampato il disegno di tre bambini vestiti a festa, davanti al *torii* circondato da foglie d'acero. Hana allungò la moneta dorata ricevuta poco prima dal padre. Si appartarono a lato.

«Allora? Cosa scriviamo?» domandò sorridendo Takeshi. «È il tuo desiderio, il tuo giorno, devi decidere tu.»

«Che la nostra famiglia sia sempre felice e in salute» replicò Hana, come ripetendo una formula fissa. Takeshi non questionò. Poggiò le buste sul ripiano e staccò il cappuccio dal pennarello ricevuto dalla *miko*. Iniziò a tracciare i *kanji* che Hana avrebbe imparato a scrivere a scuola l'anno seguente.

«Dove è scritto *famiglia*?» domandò la bambina guardando da vicino la tavoletta.

Takeshi indicò i due *kanji* di "casa" e di "clan" e Hana posò il polpastrello su *kazoku* 家族.

«Famiglia?» chiese ancora, come in attesa di una definizione. «Papà, mamma, nonna e Hana?»

«Sì» rispose Takeshi distrattamente, risistemando le buste che minacciavano di precipitare giù.

«E Yui-san?»

Preso alla sprovvista, il padre esitò.

Un bambino in azzurro, sopraffatto dall'eccitazione, corse dietro di loro nello spiazzo antistante all'altare, mentre i parenti, non meno emozionati di lui, immortalavano la sua fuga tra gonfi cespugli di ortensie e alte lanterne di pietra.

«Secondo te, quando Yui-san pensa alla famiglia, pensa anche a noi?»

«Non saprei...» rispose Takeshi. «Però sarebbe bello fosse così, non trovi?»

Vide Hana annuire e poi incupirsi. A Takeshi tornò in mente il volto perennemente imbronciato di Hana neonata, quando sua moglie gliela passava perché lui la prendesse in braccio, e la bambina pareva scrutarlo, indecisa se accettare d'essere stretta da lui o scoppiare in un pianto dirotto.

«Cosa c'è? Non ti rende felice questa cosa?»

Hana rimase in silenzio, tornando a fissarsi sugli ideogrammi tracciati sulle venature del legno. Con il polpastrello prese a picchiettare la tavoletta lungo le linee che dall'alto calavano in basso, nei due brevi segmenti da destra a sinistra che si concludevano con il suo nome.

«Sua figlia era così bella, però» disse soltanto.

«Intendi la figlia di Yui-san?»

Hana aveva visto fotografie di quella bambina a casa di Yui: lei che leccava un enorme gelato in procinto di cadere, lei che dondolava in altalena in braccio alla nonna, lei che spalancava la bocca e piangeva, lei che aveva gli occhi chiusi e dormiva. Gli scatti erano condensati in un solo riquadro sopra al letto di Yui.

«Hana, intendi la figlia di Yui?» ripeté Takeshi.

Il mento lo premette sul collo, gli occhi buttati giù per non incontrare lo sguardo del padre.

«Ma sei bellissima anche tu!»

E lo era, Takeshi lo aveva sempre pensato. Era convinto di riuscire persino a essere oggettivo nel proprio giudizio. Hana aveva occhi stretti e intelligenti, il volto allungato come la madre e come certe stampe dell'Ukiyo-e. E poi le manine affusolate, la pelle perfetta, l'espressione assorta e sempre presente. Bellissima, sì, come altro definirla?

Il bambino che prima correva inseguito dai familiari ora strillava, immobilizzato dalla madre che cercava faticosamente di riallacciargli l'*obi* che si era allentato. Arrivavano alti anche i comandi ripetuti di qualcuno poco più in là, un fotografo che tentava inutilmente di far sorridere una famiglia rigida e tesa sotto l'acero più rosso del santuario.

Takeshi fece uno sforzo per concentrarsi sull'emozione di sua figlia: probabilmente non si sentiva all'altezza. Proprio come succedeva da sempre anche a lui.

«E poi non sono affatto ordinata» aggiunse Hana, con voce sconfitta.

«L'affetto non ha niente a che vedere con quanto siamo belli e ordinati» esclamò Takeshi. Nell'urgenza di replicare, la voce gli si era impennata.

Hana tacque, lo sguardo perso nel vuoto sgargiante di tutte quelle famiglie. Era chiassosa la celebrazione di *shichi-go-san*, la preghiera agli dèi perché prendessero in custodia i bambini. Fino ai sette anni, recitava la formula shintoista, si era nelle mani della divinità.

Takeshi si piegò sulle ginocchia per allinearsi al suo sguardo.

«Hana, l'amore non c'entra nulla con la bellezza o la bravura, credimi.»

La bambina restava in silenzio, giocherellando con i bordi dell'*ema*. Poi, in tono pallido, chiese: «Proprio nulla?».

«No, affatto. Altrimenti sarebbe una cosa fragilissima, non credi?»

Hana non disse altro ma si fece accarezzare la testa dal padre e quella a suo modo parve una risposta. Poi, come per svincolarsi da un discorso che iniziava a risultarle pesante, prese in mano la tavoletta e cercò con gli occhi le sbarre di ferro cui annodarla.

Appena ebbe individuato il posto, afferrò l'*ema* con decisione e si lanciò rapida verso il santuario, lì dove le famiglie si allargavano e restringevano come stormi in cielo al tramonto.

«Qui?» domandò indicando altre decine di tavolette appese sotto un piccolo tetto di legno.

Takeshi sorrise: «Sì, legalo lì».

Erano troppo lontani perché la voce la raggiungesse. Annuì allora vistosamente col capo, fece con le dita segno di ok.

Poi recuperò le buste della spesa e si affrettò verso di lei.

Fu quella sera, dopo aver soffiato le sei candeline e aver divorato una buona metà della torta, che Yui, mettendola a letto, spiegò a Hana il perché del regalo che aveva scelto per lei. Era una cornice di legno, bianca, decorata ai lati da una cascata di foglie.

Le raccontò dell'uomo della cornice, pulendolo tuttavia dei toni più cupi, e Hana scoprì cosa intendeva Yui quando usava quella parola.

Il mondo era effettivamente tutto tagliato in riquadri, finestre, finestrini, buchi, ritagli di linee.

«E chiuso lì dentro, secondo me, lo si capisce anche di più.»

Hana, già sdraiata nel letto, aveva alzato la cornice all'altezza del volto e aveva osservato con attenzione il soffitto della stanza, dove si dispiegavano le centinaia di stelle del proiettore che le aveva donato quella sera suo padre. Poi lo aveva abbassato, per guardare in faccia Yui.

«Anche la cosa più enorme la puoi tagliare in piccolissime parti» sussurrò allungando il palmo per accarezzare la guancia della bambina. «Anche il problema più grande. Tutto quanto lo si può infilare in una cornice.»

46

Definizione di famiglia che Takeshi trovò quella sera sul vocabolario di lingua giapponese Kōjien (5ª edizione)

か-ぞく　【家族】
夫婦の配偶関係や親子・兄弟などの血縁関係によって結ばれた親族関係を基礎にして成立つ小集団。社会構成の基本単位。
⇨家

47

Yui e Takeshi fecero le cose – tutte le cose – con moltissima calma. Sapevano entrambi che i bambini conoscevano poco la vita, che serviva gli venisse somministrata con lentezza. Era come un'ubriacatura, e potevano reagire in modo inconsulto alle novità.

Una domenica mattina del gennaio seguente presero appuntamento al Centro di Igiene del Comune e consegnarono a Hana una gabbietta.

La bambina era in fermento da settimane: quella cosa cui nel giorno del suo compleanno non aveva saputo dare un nome, continuava ad allargarsi. La loro bizzarra famiglia pareva nata da un solo prodigioso fagiolo piantato per caso nell'orto di casa.

Hana volle indossare l'abito a balze e lo zainetto di Kiki la strega. Chiese alla nonna di non uscire di casa, perché ci fosse qualcuno ad accoglierli al loro ritorno.

Partirono in tre, Hana, Yui e Takeshi; seduti tra gli spartani banchetti del Centro di Igiene, ascoltarono pazientemente la lunga e articolata lezione che era propedeutica all'adozione di un animale. Yui prese appunti meticolosi, trascrisse accuratamente i dati sull'incidenza delle malattie più comuni nei felini, sulla sterilizzazione e sulle abitudini quotidiane da rispettare per una convivenza riuscita. Non voleva perdersi nulla.

Hana fece fatica a capire tutti i passaggi; si perdeva nei diagrammi, nelle percentuali e nella rigida terminologia usata dal veterinario. Il padre però le cingeva le spalle quando la vedeva più tesa e lei allora tornava a guardare davanti la lavagna luminosa, il camice bianco del veterinario. Cercava di dispensare, in quel suo sguardo aggrottato, tutto l'impegno e l'attenzione di cui era capace.

Dopo la lezione, li guidarono in un'altra stanzetta dove in un box stavano accoccolati tre gattini. Di diversa età e colore, erano giunti lì per le vie più tortuose. Hana, affranta all'idea di lasciarsene indietro due, chiese aiuto al padre.

La scelta fu svelta: la gattina dal pelo nero e gli occhi giallo limone fu chiamata *Tora*, tigre, anche se della tigre aveva ben poco. Rachitica, e con pochissima iniziativa, si lasciò mettere nella gabbietta senza opporre resistenza.

Serviva insegnare a Hana la cura, certo, e un animale era un'esperienza importante di convivenza, sussurrò di nascosto la nonna a Yui e Takeshi, quando vide quel mucchietto di ossa. Ma non era per caso troppo mal ridotta? E se moriva? Non si rischiava l'ennesimo trauma?

Takeshi era fiducioso, il veterinario aveva parlato di una gattina capace, che era sopravvissuta a un lungo vagabondaggio. Era ostinata, e con quell'ostinazione non si riusciva a morire con facilità.

Certo, restava il fatto che nessuno tra loro avesse esperienza di gatti. Solamente Yui, da bambina, aveva avuto la compagnia di un animale, un Welsh Corgi giallo senape e senza la coda che sua madre aveva ricevuto da una vicina che stava per traslocare in Europa. Nei dieci anni in cui avevano vissuto insieme, Yui di quel cane si era innamorata, facendone la cosa più importante della sua vita. Quando si era ammalato, era parso di morire anche a lei.

Di gatti però non sapeva nulla; anzi, a sentire la gente, sembrava che chi amava i cani non potesse apprezzare i felini e viceversa. Peggio di una tifoseria. Così, come sempre le capitava di fare quando si imbatteva in qualcosa di nuovo, acquistò parecchi volumi sull'argomento e si mise a studiare. Li leggeva in metropolitana andando al lavoro, nelle pause pubblicitarie alla radio. *Nyan nyan* le facevano il verso i colleghi, divertiti da quella montagna di libri che si alzava di giorno in giorno miagolando sulla sua scrivania.

«E neppure è mio il gatto, pensate un po'!» si scherniva.

Quando in libreria, alla cassa, le domandavano se volesse applicare la copertina di carta, Yui generalmente rispondeva di no, che non serviva. Che importava se la gente scopriva il titolo dei libri che leggeva? Rimuginasse pure sui suoi banali interessi, di quella privacy Yui se ne infischiava.

E tuttavia quando acquistò un manuale su come introdurre i bambini alla prima elementare e aiutarli a inaugurare la vita scolastica al meglio, anticipò persino i gesti della commessa. «Vorrei la copertina di carta, per favore» domandò, prima che quella potesse registrare il codice a barre.

Di capitolo in capitolo, l'esperto ripeteva in varie salse lo stesso concetto: non ci sarebbe dovuto essere strappo rispetto alla vita precedente, e tuttavia serviva mettere in atto una rivoluzione. Una R-I-V-O-L-U-Z-I-O-N-E. Una *rivoluzione*! Oddio, e chi lo sapeva come si gestiva una cosa così? Colpi di stato, statue di tiranni buttate giù a terra, lancio di pietre ed eserciti in strada: quella parola evocava nella mente di Yui solo cose tremende.

Fu un inverno e un inizio di primavera pieno di parole, tutto in salita.

Lei e Takeshi ne discussero a lungo, sperando di venire a capo in qualche maniera della propria apprensione. Da gennaio ad aprile non parlarono d'altro. Capitava soprattutto dopo cena, quando Hana era ormai andata a dormire e sul soffitto della sua cameretta vibravano le stelle del proiettore. Si sedevano allora sulla tavola rigovernata, con una tisana o un tè caldo davanti, e dondolando nell'acqua la bustina, Takeshi suggeriva i problemi che gli erano venuti alla mente, i consigli che aveva ricevuti all'ospedale da colleghi con figli già grandi; e girando un cucchiaino pieno di miele, Yui gli riportava quanto aveva letto nel manuale (che nel frattempo erano diventati tre), le possibili soluzioni ai dubbi che venivano a entrambi.

«Come vestirla, ad esempio. Come mantenere in buono stato la divisa negli anni ed evitare che si distrugga. Oppure tutti i gadget da attaccare allo zaino: non puoi immaginare la gamma di cose con cui bisogna attrezzare un bambino al giorno d'oggi.»

«Addirittura?» domandava allarmato Takeshi.

«E poi bisognerà studiare nel dettaglio il percorso da casa a scuola, provarlo più volte prima che inizi l'anno. La cosa migliore è individuare altri bambini con cui possa condividere un pezzo di strada. Pare ci siano piccoli comitati di mamme che si prendono l'incarico di sorvegliare punti nevralgici del quartiere, snodi dove devono attraversare o svoltare.»

«Spero di essere in grado.»
«Ma figurati, basta saper delegare a chi ne sa più di noi.»
E poi arrivò il primo giorno di scuola e non Hana ma Yui, per l'emozione passò in bianco la notte. "Una rivoluzione, mettere in atto una rivoluzione": quell'espressione continuò fino all'ultimo a perseguitarla.
Takeshi evitò di inviarle messaggi, ma anche lui restò sveglio fino alla mattina, rimuginando sull'unica cosa di cui, in quel lunghissimo comizio di inverno e primavera, aveva preferito tacere. Su come cioè chiarire alle maestre sua figlia, la morte della moglie, e soprattutto su come spiegare il fatto che per due anni la bambina non avesse pronunciato una parola.
Zitta? Sì, zitta. Completamente? Sì, completamente. E così via.

48

La copertina di carta che Yui scelse in libreria
alla domanda della commessa su quale preferisse tra:

a) fantasia a fiori rossi su sfondo giallo e piccole foglie
b) tinta unita nella scelta tra blu, verde scuro o rosso
c) fantasia di giraffe con la cravatta ed elefanti con ombrello e scarponi di gomma in toni pastello

fu la b).

«Blu, verde o rosso?» chiese la commessa.
«Rosso» rispose Yui sicura.

49

Quella mattina alle sette la sveglia suonò e alle sette e mezza, come promesso, Yui era alla porta. Aveva coperto sotto uno spesso strato di trucco le occhiaie e vivacizzato guance e labbra con un po' di colore. Andando ad aprire Takeshi la trovò particolarmente attraente e il sorriso che le rivolse fu trattenuto, innaturale.

Ma Yui esclamò di fretta «Buongiorno!», non se ne accorse, e si diresse spedita in camera di Hana per aiutarla a vestirsi.

L'abbigliamento era già stato deciso da settimane: un abitino di stoffa blu fin sotto il ginocchio, mocassini aperti con una stringa e un bottoncino, un elastico con un fiocchetto a righine a fissare le ciocche esterne dietro la nuca.

Forse per scaricare un po' la tensione, si divertirono a immaginare altre soluzioni: «Pensa a irrompere in classe con il costume da strega e la scopa tra le gambe!».

«Pensa a indossare lo *yukata* estivo, accennando magari anche passi di danza!»

Chissà che facce avrebbero fatto i compagni!

Tora le guardava in tralice, da sotto il letto.

La madre di Takeshi invece era rimasta in cucina, a fare e disfare la colazione, a strofinare stoviglie già asciutte e a ripetere incredula: «Già la scuola, sei anni, la prima elementare!». Irrequieta andava poi verso il figlio, gli stringeva la mano, gli toccava la spalla, come per congratularsi di quella stupefacente vittoria. «Tora! Tora!» chiamava infine, allungando l'ennesimo bocconcino alla gattina che subito correva in cucina. Per quanto avesse già preso peso e fosse ora avvolta da un pelo spesso e brillante, l'anziana continuava a vederla smunta: «Ma le date da mangiare? Intendo: per bene?».

«Certo che glielo diamo! Mamma, per carità, smettila di viziarla o diventerà presto obesa» la sgridò Takeshi. La madre colse l'ansia nella voce del figlio (già la scuola, sei anni, la prima elementare!) e non replicò.

Si ritrovarono a tavola, con lo stomaco chiuso per l'emozione. Per colazione Hana aveva chiesto gli *special éclair* alla banana: era per sottolineare la solennità del momento e perché erano diventati ormai una tradizione. Si ripromettevano tutti di andare davanti al *butsudan* quella sera, a raccontare ad Akiko in dettaglio quel giorno importante.

«Oggi inizia una rivoluzione» sussurrò Yui a Takeshi mentre chiudevano la porta di casa e la bambina, per mano alla nonna, già scendeva le scale con lo zainetto in spalla. Aveva visto Takeshi più teso di lei e questo l'aveva aiutata a sdrammatizzare. Ripeterlo così a bruciapelo, ebbe l'effetto di liberarla dallo slogan che l'aveva torturata per mesi.

«Una rivoluzione, davvero» rispose invece Takeshi, prendendo talmente sul serio la frase che Yui scoppiò in una risata.

Fu solo per strada che Takeshi le accennò furtivamente i dubbi su cosa dire agli insegnanti. Sua figlia era così delicata.

«Delicata non significa fragile. Lascia piuttosto che sia Hana a parlare, lascia che sia naturale che lo faccia da sé, come tutti gli altri bambini» suggerì Yui.

Attraversavano la prima delle tre viuzze che separavano casa da scuola. La nipote mostrava con sicurezza alla nonna la cartina che aveva disegnato la domenica precedente.

«Lascia che si racconti nel modo che preferisce. Dopo la visita a Bell Gardia ha sempre parlato normalmente, no?» aggiunse Yui incoraggiante.

Da quel giorno miracoloso a Bell Gardia, e per varie settimane, Takeshi si era svegliato nel timore di non sentire più Hana parlare: entrava in cucina ritardando con ansia il saluto. Gli veniva da sorridere adesso ricordando come il secondo giorno avesse addirittura finto di non vederla, terrorizzato all'idea che un suo errore potesse rompere l'incantesimo e riportarla al mutismo. E invece Hana si era comportata senza eccezione, precisamente nel modo che ci si sarebbe aspettato da lei.

«Tutti la conosceranno per quella che è, e non per quella che è stata» concluse Yui posando un indice a sigillo sulle labbra non appena raggiunsero di spalle la bambina.

Il profilo di Hana mise davanti a Yui l'immagine di sua figlia a due anni, mentre infilava lo zainetto a forma di pinguino ricevuto dalla nonna, l'espressione radiosa con cui lo portò sulla schiena la prima volta, il girotondo nella stanza nell'impossibile tentativo di guardarsi le spalle, come un cucciolo che tenti di afferrarsi la coda.

Yui si voltò verso Takeshi, ripeté: «Stai tranquillo» e gli rivolse un sorriso incoraggiante.

Davanti ai cancelli della scuola decorati a festa, sotto le nuvole rosa dei ciliegi che rilasciavano a ogni soffio di vento un mazzetto di fiori, Takeshi si convinse che Yui avesse ragione.

50

Disegno che fece Hana
del percorso da casa a scuola

51

Per Hana lo fu davvero, una rivoluzione, perché non tanto dal primo giorno di scuola, quanto da quello in cui aveva ripreso a parlare, nulla cambiò nella sua vita, e insieme fu tutto diverso.

La cornice? Ecco, forse era la cornice che cambiava. Yui c'era sempre di più, per aiutarla nei compiti, diceva, per non far sentire in ansia suo padre quando si trovava incastrato nei turni all'ospedale, ma in verità era solo perché le faceva piacere. E Hana amava allungare le dita e trovarla. Se non a destra a sinistra, alla stessa altezza del padre e della nonna.

Fu quest'ultima invece che, dopo un primo momento di vivo entusiasmo, si fece prendere dalla gelosia. Takeshi, che conosceva la madre, se ne accorse immediatamente e la invitò a pranzo più spesso. «Perché non fai un salto da noi?» le telefonava la domenica mattina o certi pomeriggi in cui lui tornava prima dal lavoro e insieme andavano a mangiare un *dorayaki* o una crêpes al chiosco accanto alla stazione.

Era fondamentale che la madre non si mettesse in competizione con Yui. Di sgridarla, a quell'età, non se ne parlava, e cocciuta com'era, anche a farglielo notare si sarebbe scatenata la reazione opposta: *io? gelosa? perché mai dovrei essere gelosa? pensi per caso Hana preferisca lei a me? o sei tu che non hai più bisogno di me?*

No, ecco, bisognava assolutamente evitare.

Grazie a quegli inviti frequenti e a qualche premura aggiuntiva (un cuscino per la sua schiena, la marca di *tōfu* che preferiva), l'anziana effettivamente si rilassò; prima di coricarsi o quando era insonne, capitava che facesse lunghe conversazioni con il marito defunto davanti al *butsudan*, e che gli raccontasse in dettaglio di quella giovane donna che non si capiva come facesse a stare in piedi tanto era magra, che portava dei bei berretti che ne ingentilivano la figura, ma aveva un gusto un po' strambo per le scarpe, sempre sportive, neppure un tacco portava. Però la trattava con garbo e, soprattutto, sembrava capace di far stare bene la nipote.

«Sta spesso zitta, a volte per un tempo così lungo che ti viene da domandarti se sia ancora là» diceva strofinando con una pezzetta il *butsudan*. «Poi però parla all'improvviso, ti giuro ogni volta non te lo aspetti, e vedi Takeshi e Hana che si fermano e la ascoltano con una tale attenzione. Stanno lì concentrati per non perdersi una sola parola. Sai quanto è distratto Takeshi quando si parla, no? E invece in quei momenti mi sembra di rivederlo bambino, quando faceva i compiti sul tavolo della cucina. Ricordi? Era così assorto che neanche se lo chiamavi ti sentiva.»

L'anziana soprattutto non si capacitava che quella stessa voce potesse sciogliersi rapida e scattante alla radio. Una volta per curiosità l'aveva ascoltata ed era rimasta sbigottita: le era parsa a tutti gli effetti un'altra persona.

Mentre la madre di Takeshi cercava il modo più giusto

per raccontarla al marito, Yui faceva nido come una colomba. Nella propria casa allestì per Hana l'angolo di una stanza, dove la bambina potesse fare i compiti e giocare quando a scuola si offriva di andarla a prendere lei. Talvolta la portava con sé anche alla radio, perché Hana era affascinata all'idea di parlare in un microfono. Le pareva magia essere in grado di spargere la propria voce fino a luoghi tanto remoti, di raggiungere decine di migliaia di sconosciuti legati tra loro solo da quell'attitudine misteriosa all'ascolto.

«Come il Telefono del Vento, no?» aveva mormorato un giorno mentre Yui le annodava i capelli prima di entrare in studio. Le avevano accordato il permesso di stare accanto a Yui, a patto che promettesse di non fare il minimo rumore.

«Tu parli alla gente, ma non sai chi è che ti ascolta. Però arrivi a casa loro e li rendi felici.»

«Felici non so, ma di certo si sentono in compagnia.»

«E non è la stessa cosa?»

Soppesando davanti allo specchio le treccine sottili della bambina, Yui si era commossa.

Fu in quel clima fatato che arrivò la notizia che Suzuki-san si era ammalato e che di lì in poi al Telefono del Vento sarebbe stato impossibile accedere liberamente. Che serviva prenotarsi inviando un'email oppure un fax in modo che un volontario, secondo la propria disponibilità, si sarebbe occupato dell'accoglienza.

Dopo pochi giorni giunse anche la notizia del tremendo tifone che stava per abbattersi su Kujira-yama.

52

Estratto del programma radiofonico
che la madre di Takeshi ascoltò per sentire la voce di Yui

«Il modo in cui anche singolarmente abbiamo introiettato l'idea di crescita, crescita delle imprese, crescita individuale, personale, è qualcosa che, come dire, mette l'esistente sempre in una condizione minoritaria rispetto al futuro, che dovrà essere migliore, con più risorse, con più mezzi, più strumenti... ebbene questo modello che per l'ascoltatore, Matsumoto-san da Shizuoka, è il capitalismo nel suo senso più proprio, non è... non è più sostenibile per l'appunto. Che cosa si risponde? Lei, che cosa risponde?»

Risposta dell'esperta (tale prof.ssa Satō).

«Professoressa Tsubura, abbiamo toccato un nodo, e un dibattito che anche a livello accademico dura da molti decenni, eh no, e (*voce impostata, come citando*) il mercato si autocorreggerà grazie all'innovazione tecnologica a condizioni politiche date, ha detto ora la professoressa Satō,... poi bisognerebbe approfondire quali saranno queste condizioni politiche e quali dovrebbero essere... però, in generale, vi sono all'interno del modello capitalistico che noi incarniamo, le risorse per raggiungere gli obiettivi di agenda 2030, oppure Lei... voi, auspicate un cambio di paradigma?»

II

1

Kujira-yama era sconvolta. Nel tifone la Montagna della Balena venne ribaltata dal vento.

Pareva quasi che il grande cetaceo volesse far ritorno all'acqua, all'oceano che poco più giù s'alzava in cavalloni paurosi. Il capodoglio s'affacciava sul mondo, lo reclamava ad altissima voce.

Negli occhi di Yui il giardino di Bell Gardia si sollevava e si abbassava.

Pensò che il punto di non ritorno fosse a un passo da lei.

Mentre il cielo si smantellava, e pezzo a pezzo cadeva giù, Yui spalancò le braccia. Le venne d'istinto, contro ogni buonsenso. E in quel momento fu come se tutte le voci convogliate negli anni a Bell Gardia si alzassero in un turbine ad avvolgerla. Era un mulinello, un girotondo sfrenato che le correva attorno alle braccia, alle gambe.

Le parve di vederle persino, come hoola hoop a sbattere sui fianchi dei ragazzini.

Genitori defunti, figli perduti, antenati evaporati nella storia e amici scomparsi: le voci di quanti nel tempo erano stati chiamati dal Telefono del Vento, tornavano lì, nel luogo che per primo li aveva evocati.

Yui perse l'equilibrio, si chinò per stringersi nuovamente alla panchina. In quel turbinio di immane violenza, sembrava la cosa più ferma.

Quando alzò lo sguardo per cercare la banderuola sul tetto della casa di Bell Gardia non la trovò. Le maniche erano gonfie di vento, il corpo veniva lisciato con eccesso di zelo dall'aria. Carezze ossessive, una dopo l'altra, che si trasformano lentamente in urti accidentali, in colpi mirati e poi in botte feroci. Lo aveva letto nell'*Alluce P*: c'era chi ammazzava così.

Mentre nelle televisioni di tutto il paese la gente ne seguiva con apprensione gli spostamenti, il tifone raggiungeva il suo picco.

Abbozzolata nella coperta di plastica che le aveva fabbricato, la cabina di Bell Gardia vibrava paurosamente.

L'aria era lorda di terra, sollevava rami e foglie, cose di cui Yui non individuava che confusamente i volumi. Quelle linee erano tegole forse, quegli altri strumenti da giardino. C'erano vasi che rotolavano disordinati come covoni di paglia nelle vaste praterie americane, una busta di plastica che veniva da chissà dove e che si inerpicava più su, sempre più su.

L'impressione era di assistere a una di quelle scene dallo spazio in cui veniva a mancare la gravità, e tutto si slacciava dal mondo. Il vento la faceva sembrare persino una scelta, la gravità, non più una regola ferrea ma qualcosa cui ci si poteva anche non adeguare.

Tutto, pensò, poteva crollare.

«Non è giusto» si trovò a mormorare. «Questo luogo è sacro.» Nessuno poteva permettersi di fargli del male.

Poi, d'improvviso, colse con la coda dell'occhio una

luce che precipitava, vide fili che si tiravano giù un pezzo di quel cielo imbrattato. Lampeggiando paurosamente, franarono spenti sulla strada.

Altri due pali della luce vennero giù, e fu allora che Yui ebbe paura.

Il frastuono del vento che si scaraventava addosso alla montagna era tale che il mare non lo si sentiva fiatare. Si stava sicuramente agitando come un indemoniato, ma Yui con certezza non lo poteva dire. L'aria era diventata una cosa talmente impregnata di terra da impedire la vista a quella distanza.

D'un tratto anche l'arco che portava al sentiero del Telefono del Vento si inclinò e franò in un istante; il gancio a destra che Yui aveva saldato per primo, per primo saltò. Fece per alzarsi e rimetterlo a posto ma ogni muscolo del suo corpo era concentrato nel tentativo di sopravvivere all'urto e non farsi trascinare via dall'uragano.

Yui vide lampeggiare un altro lampione, che subito si schiantò a terra. Un mare di schegge di elettricità crepitò spargendosi in aria e poi fu un rumore gentile, come di una comunicazione che veniva interrotta. In qualche località remota, una cornetta veniva abbassata e il silenzio tornava a governare una stanza.

Tutto si spense intorno a Bell Gardia, anche le pochissime luci fino ad allora rimaste. La notte calava sul giorno di Kujira-yama, e anche Ōtsuchi, di là della collina, precipitava nel buio. Il blackout sarebbe durato per ore.

A Yui fu finalmente chiaro il rischio che stava correndo e forse, per quell'ancestrale timore che spinge le creature a temere l'oscurità, per la prima volta desiderò d'essere altrove.

Aveva commesso un errore di valutazione. «Sopravvalutarsi è sempre uno sbaglio» le cantilenava nell'infanzia sua madre. «Ma sottovalutarsi è decisamente più grave.»

Quale, mamma, quale è peggiore?

2

Possibile risposta della madre alla domanda di Yui

«Te l'ho detto, Yui cara, sottovalutarsi è decisamente più grave.»

(*Subito dopo aggiungendo*)

«Ma solo quando non si tratta di una cosa pericolosa fisicamente.»

3

Una volta che cambi direzione alla speranza, quella perde la strada e non è più capace di fare ritorno.

Come quando tiri un filo e si disfa interamente la maglia, così Yui smise d'un tratto d'essere convinta d'aver fatto la scelta più giusta. E se le fosse successo qualcosa? Hana come avrebbe reagito? Le avrebbe mai perdonato quell'imprudenza?

E Takeshi? Takeshi?

Lo amava, dopo più di tre anni ormai lo sapeva. E sapeva anche che lui amava lei, perché glielo aveva fatto intendere in una miriade di occasioni diverse, anche quando lei fingeva di non cogliere nulla, abbassava lo sguardo, tergiversava. Per Yui essere pronti significava anche capire, e quando si capiva, e l'altro lo afferrava, si perdeva il diritto di nascondersi dietro un silenzio o una scusa. Il silenzio avrebbe finito per parlare per sé, diventando un rifiuto; e benché Yui non fosse ancora pronta alla gioia, era assolutamente impreparata alla sofferenza. In fondo non aveva nessuna intenzione di dire di no.

Eppure il sì, quanto pesava un sì detto con convinzione. Da lì si irradiava una vita del tutto diversa, che impacchettava definitivamente quella che precedeva. Cartone, aletta che si piega, nastro isolante, tutto a bordo del camion e addio vecchia esistenza.

Se lo diceva costantemente, come assicurando i passi alla terra: «Bisogna essere certi, Yui. Devi essere certa». A volte iniziava a ripeterselo dalla mattina, quando la voglia d'amarlo si faceva inspiegabilmente più acuta, insieme alla fame. In quei giorni la colazione era più lenta, incosciente, i morsi s'attardavano nella bocca, il caffè si raffreddava prima che lo portasse alle labbra. Davanti alla televisione accesa attendeva le previsioni del tempo anche due volte, perché la prima era disattenta e allora, per sapere se lasciare i panni ad asciugare fuori in balcone o dentro alla stanza, doveva fare zapping rincorrendo il meteo.

Quello era per Yui ritardare l'amore, far durare un'ora una colazione, cambiare canale.

Quando il cuore era pronto, però, era tutta un'altra faccenda: lì l'allusione la si aspettava con ansia, e ogni giorno che non arrivava era come allontanare la cosa più buona, in punta di dita. Come un piatto su una tavola apparecchiata e l'appetito che ti divora.

La sera prima, mentre Hana dormiva, Takeshi aveva spinto avanti le parole.

Erano tra il soggiorno e la cucina, lui sparecchiava adagiando via via le stoviglie nel lavabo. Yui assemblava il piccolo *bentō* della bambina.

«Dobbiamo comprare i sacchetti del *furikake*» aveva detto Yui mostrandogli la plastica vuota con su disegnato Anpan-man. «È l'ultimo questo.»

Takeshi aveva lasciato andare il piatto dipinto di Hana e il sapone nella bacinella si era sollevato con molle lentezza. Una bolla si era dispersa nell'aria e Yui, divertita, l'aveva soffiata via, in direzione di Takeshi.

Lui l'aveva guardata: «Yui, perché non vieni a vivere qui?».

A distanza di anni, Takeshi non sarebbe stato ancora in grado di spiegare perché avesse scelto quel momento in particolare e non un altro. Erano mesi che ci pensava, eppure aveva sempre taciuto. Lo aveva progettato come si progetta una casa in cui si sogna di vivere a lungo: l'ingresso spazioso, il declivio sfumato verso il salotto, il bagno luminoso.

Teneva a Yui, alla loro amicizia, al di là di tutto quanto sarebbero potuti diventare. Avrebbe colto con preavviso i segni di un eventuale rifiuto, non sarebbe mai stato precipitoso con una frase difficile da ritrattare.

E invece.

E invece, eccola lì quella frase esorbitante, tra la cucina e il soggiorno.

Le lunghe bacchette di legno erano rimaste in aria, sospese, con un boccone di *tōfu* e patate, e Yui aveva fatto fatica a ricordare la destinazione dei gesti: il riso, le fragole appena tagliate, i biscotti a forma di coniglio, le strisce di adesivo con cui assicurare ai bordi il coperchio del *bentō*.

«Vivere qui» aveva risposto Yui senza domandare. L'aveva fatto piuttosto per non sbagliare, appoggiandosi all'eco della frase di lui.

«Il tuo posto è con noi. Siamo una famiglia, tu, io, Hana, anche Tora. Ci basta soltanto formalizzarlo.»

Takeshi le si era avvicinato da dietro, coprendole l'esile corpo come l'osso cavo di una conchiglia. Nel contatto tra le proprie scapole e il petto di lui, Yui aveva avvertito distintamente la metamorfosi in atto.

Diventavano albero, legno e corteccia. Dalla pelle spuntavano lunghi rizomi, si avvicendavano naturalmente germogli, e fiorivano incessantemente di piccole spinte particolari che li allacciavano l'uno al corpo dell'altra.

Una metamorfosi così accadeva una sola volta nella vita.

Takeshi l'aveva tenuta stretta con abbandono, il volto piegato nel collo di lei, ripetendo come una nenia *suki, Yui no koto ga suki*[1].

«Sei, insieme a Hana, la cosa più importante» aveva mormorato Takeshi, abbassando di un altro gradino la voce. «Ora vado a letto, tu dormici su. Ne parliamo domani, se te la senti.»

Senza neppure darle un bacio, aveva sigillato il discorso così.

Ora Yui si domandava se quella immensa promessa di felicità non le avesse fatto paura, se non fosse stato anche per quello che era fuggita nella notte, diretta a Bell Gardia, esponendosi al rischio del micidiale tifone.

No, ricacciò, non era stata la paura, era stato piuttosto l'inverso. Si era sentita talmente felice di averne conferma – d'essere amata e di amare a sua volta – da credere che quel sentimento l'avrebbe protetta.

[1] Ti amo, Yui ti amo

4

Il contenuto del bentō *di Hana preparato da Yui quella sera*

Riso bollito (della varietà *koshi-hikari*).
Due broccoli lessati.
Due pezzetti di melanzana al vapore.
Un fungo champignon.
Una crocchetta di patate e macinato.
Due bocconcini di *sanma* in salsa di soia.
Una bustina di *furikake* al salmone con su disegnata Akachan-man.

A parte: un piccolo muffin alla banana, due biscotti a forma di coniglio, sei fragole tagliate, uno yogurt bianco.

Nota: per l'emozione dimenticò di infilare nella borsa sia le fragole che il muffin. Spezzò anche l'orecchio destro di uno dei coniglietti.

5

Intorno a Yui il vento continuava a sgominare le cose, le sbatteva fuori dai luoghi sicuri. La materia del mondo veniva ributtata nella mischia, come gli esseri umani a ogni risveglio. Come la gente che le capitava di incontrare nelle albe di Tōkyō, sgualcita, spesso sfinita prima ancora che il giorno ufficialmente prendesse avvio.

E mentre il cielo di Kujira-yama le vomitava addosso la sua furia – e Yui pensava che nessuno a quel cielo gli reggeva la fronte – desiderò d'essere altrove. Accanto a Takeshi, al sicuro tra le sue braccia, la gamba di Hana accavallata alla sua, come quando sul divano sfogliavano insieme libri di fiabe e albi illustrati, e parevano ammassarsi a lato per riscaldarsi come le scimmie dell'Hokkaidō, che tanto facevano ridere la bambina.

Le *braccia* di Takeshi, una *gamba* di Hana.

E se insieme a quella goffa dichiarazione d'amore, Takeshi le avesse affidato un pezzo del corpo? Se anche lui, a sua insaputa, le avesse dato in consegna un piede, un fegato, un'arteria del cuore?

E se anche Hana, stringendole forte la mano al ritorno da scuola, le avesse infilato di nascosto nel palmo uno dei suoi occhi colore noce, il neo sopra l'ombelico, la cute?

Come avrebbero fatto se fosse sparita anche Yui?

Quel pensiero la scosse. Avrebbe voluto rifugiarsi da qualche parte, nel capanno della casa di Suzuki-san, o dall'anziana e il suo cane. Ma era troppo tardi. Mollare la presa l'avrebbe esposta al rischio di volare via, come la bambina dalle scarpette rosse nel Mago di Oz.

E mentre si vedeva, ridicola, a volteggiare come un giocattolo rotto nell'aria, in caduta libera verso i boschi aggrappati alla collina o giù, in direzione del mare, Yui si disse che il mondo doveva essere nato così, da tutto quel rimestare. Anche gli tsunami dovevano esistere per un preciso motivo. Mescolavano il cosmo, così come anche i terremoti, le inondazioni, gli smottamenti e le frane, tutto quanto era un disastro per l'uomo, tutto quanto lo uccideva, lo bruciava, lo affogava o lo disperdeva, salvava l'equilibrio del mondo.

In quel momento, Yui si sforzava di pensare a qualunque cosa fosse tempesta. Era il suo modo di far trascorrere il tempo. Perché dopo un'altra ora soltanto, di certo, il tifone si sarebbe stancato di premere la suola su quel punto preciso di terra. Lei si sarebbe scoperta magari ferita, persino sanguinante in punti che non sospettava, ma salva.

«Sto bene, non mi è successo nulla!» avrebbe esclamato andando incontro a Hana e Takeshi. Li avrebbe rassicurati innanzitutto sul fatto che i pezzi che le avevano dato in consegna erano al sicuro. E poi glielo avrebbe promesso, di ricordarselo la prossima volta, che essere amati porta enormi responsabilità almeno quanto amare in prima persona.

Si alzò d'improvviso un boato rabbioso. Yui venne colpita con violenza. Qualcosa crollò.

Successivo si sollevò un fischio remoto, una sorta di lugubre canto che veniva da molto lontano.

Fradicia, saldata a nient'altro che al ridicolo peso del proprio corpo, Yui restò a terra.

La presa mollata delle braccia, la posa floscia del volto.

Fu da quel momento solo all'arbitrio del vento, sballottata come una scatola vuota.

6

L'ultima cosa che pensò Yui prima di cadere svenuta

«Oh.»

7

L'antidoto al veleno è il veleno.

Fu il vento, la sua incredibile furia, a salvare Bell Gardia.

Si fece in breve leggenda, che la donna che era andata a difendere il Telefono del Vento, ne venne difesa a sua volta. Si disse che fu grazie al fiato di quelli che a decine di migliaia erano andati lì a invocare i propri defunti. O che fu proprio grazie a questi ultimi che, anche se nessuno poteva sentirli, rispondevano ai vivi con un soffio o una carezza. Alcuni suggerirono invece che fu per via della miscela di entrambi, unita alla naturale presenza del vento sulla collina di Ōtsuchi.

Tutto quanto si compattò, fece muro contro il tifone e la protesse.

La zona rimase fino a sera senza acqua ed elettricità. Ci fu una frana che portò a valle centinaia di pini d'una foresta, le piogge devastarono i campi della zona di là della montagna, si videro più a ovest case dagli ingressi imbottiti di fango, anziani pinzati al cielo da elicotteri della protezione civile, barelle per quelli che avevano avuto gravi incidenti casalinghi per via dei blackout; molti cani e gatti furono dispersi, macchine ribaltate dal vento, un camion e tutto il suo carico di mele provenienti da Aomori si rovesciò in autostrada profumando di frutta la doppia corsia.

Quando infine trovarono Yui, tutto intorno a lei era stato divelto.

Il tetto aveva ceduto, le tegole avevano in buona parte allentato la presa sparpagliandosi sull'orto e danneggiando le piante di melanzane e i fusti dei pomodori.

La cabina si era sradicata ed era caduta, ma non era stata quella a colpirla. Si era posta piuttosto come protezione intermedia tra Yui e la terra divelta, che volava vorticosamente nell'aria piena di frammenti.

Era rimasta così, coperta da un tetto di plastica ed erba, in uno spiraglio tra la panchina e la cabina: parevano entrambe aver rinunciato a uno degli strati in cui Yui le aveva avvolte per cederli a lei. Grazie a quei due lembi vicini, Yui fu riparata dai detriti.

Sarebbe bastata un'altra sferzata di vento perché la cabina la investisse o la panchina, inclinandosi, la schiacciasse, premendole fatalmente sulla testa. E invece Yui era ferita, ma non come in quelle circostanze sarebbe stato naturale accadesse.

Fu Keita, il liceale che abitava nel villaggio vicino, a trovarla. Anche lui preoccupato per lo stato di Bell Gardia, aveva atteso passasse la fase più distruttiva del tifone e poi, di fronte al rifiuto categorico del padre a lasciarlo andare da solo, aveva accettato di farsi accompagnare in auto.

Il ragazzo fu immensamente sorpreso dall'aspetto generale del giardino. Non solo per la confusione di verde e marrone e rottami di cose, ma perché tutto quanto contava, tutte le parti cioè che componevano la geografia di Bell Gardia e del Telefono del Vento, gli parve come avviluppato in una ragnatela. Sembrava che un aracnide esperto avesse puntato alla preda, l'avesse resa incosciente, e poi si fosse premurato di avvolgerla nella sua bava per conservarla intatta, ferma al momento della cattura.

L'arco era caduto, così la cabina che ora si allungava parallela alla panchina, ma tutto il resto pareva aver retto.

Poi il padre gridò: «Ehi, qui c'è qualcuno! Corri!» e Yui venne trovata.

Presentava un ampio ematoma sul volto, segno di qualcosa che l'aveva colpita con brutalità. E tuttavia il respiro era regolare, il battito pure.

La caricarono con cautela sulla vettura e subito misero in moto. Keita guidava attento alla strada interrotta qui e là da rami caduti e da massi che schivava o che, a seconda dei casi, scendeva a spingere ai bordi. Il vento era ancora potente e il folto dei boschi verso l'ospedale si agitava a destra e sinistra, come fosse ubriaco.

Sul sedile posteriore suo padre sosteneva la testa di Yui, ragionando su come spiegarne il ritrovamento al medico del Pronto Soccorso, l'inclinazione del collo, il sangue rappreso sulla caviglia, la posa arcuata del braccio che forse si era slogata. Cercava talvolta di svegliarla, chiamandola con il nome che il figlio sapeva a memoria: Hasegawa-san. Ma Yui, disse Keita, era il nome che usava Suzuki-san.

Negli anni ne aveva ricavato l'impressione di una persona assai mite, raccolta, ritta sul margine della proprietà di Bell Gardia, da dove contemplava la scollatura di mare che si intravedeva da là. Sgranocchiava cioccolata e si vestiva sempre di rosso.

Il padre di Keita abbassò lo sguardo sulla gonna di Yui,

effettivamente rossa e svasata, sulla maglia aderente, tutta impiastricciata di fango e di foglie cui prima non aveva fatto caso, se non per notarne i cedimenti e gli strappi.

«Ma perché era lì, con questo tempo?» continuava a domandare l'uomo, incredulo all'idea che un corpo tanto sottile, ora tappezzato di sterminate lesioni, avesse portato a termine un'opera titanica come quella.

Eppure tutto era stato avvolto con cura in una sfoglia di plastica e nastro isolante, ogni pezzo assicurato alla terra. Doveva essere stata lei, chi altro sennò?

8

Il nome e cognome per esteso di Yui

Hasegawa 長谷川
Yui ゆい

Nota: il nome di Yui fu scelto dalla madre in *hiragana* come augurio “per una vita semplice e armoniosa”.

9

Yui veniva a Bell Gardia ogni mese, riprese Keita. Aveva perso la figlia e la madre nello tsunami del 2011.

«Che cosa tremenda» mormorò il padre e gli venne istintivo di accarezzare col dorso quel volto di donna che gli poggiava sulle ginocchia.

Sì, una cosa molto triste, ma del resto si era tutti così quelli che frequentavano il giardino di Suzuki-san («Anch'io, no?»). Il che poi non significava affatto si trattasse di gente depressa o avvilente. Aveva invece avuto modo di incontrare persone interessantissime lì.

«E comunque di gente felice sul serio, *completamente*, tu ne hai mai incontrata? Io credo di no.»

«Di certo prova molto sollievo a parlare con sua madre e sua figlia...»

Ora che ci pensava, Keita non l'aveva mai vista entrare nella cabina.

«Non so se abbia mai parlato con loro.»

Vagava invece per il giardino, percorrendo su e giù i viottoli e piegandosi ad accarezzare le piante. Attraversava spesso l'arco alzando lo sguardo alla campanella che tintinnava sulla sua testa, osservava con curiosità i germogli e le gemme. Ascoltava il vento, diceva.

«Sta quasi sempre zitta, ma quando parla dice cose anche molto buffe. Una volta ci ha confessato che, quando pensa davvero intensamente a qualcosa finisce che la dica ad alta voce, senza accorgersene, e che la gente la prenda per matta» disse Keita ridendo.

«Sai che lo faceva anche tua madre? Quando era immersa nei suoi pensieri, a volte muoveva le labbra e capitava che si sentisse. In treno la gente non sempre era contenta di averla vicino» replicò l'uomo, incontrando nel riso suo figlio.

Il padre di Keita sapeva che il rapporto con la moglie era già spento quando era morta, ma nel modo in cui sopravvivono per cinquant'anni le coppie. Suo figlio non avrebbe però capito il sollievo di amare un poco di meno quando sopraggiunge lo strappo.

L'assestamento totale era ancora in là da venire, ma il padre di Keita non aveva sofferto come si poteva pensare. Il senso di colpa si era invece acceso come una luce di scena e cerchiava il punto preciso in cui lei stava e ora non c'era.

Si era allora giurato di manifestare l'affetto ogni giorno per la moglie defunta, per spiegare l'amore ai suoi figli. Per un periodo, quello che gli era appena alle spalle, aveva avuto persino paura che la recita lo convincesse, che nella finzione si rinnamorasse sul serio.

Si era trovato col cuore strizzato di notte, sognando la ragazza che aveva incontrato nell'estate dei suoi sedici anni, sulla spiaggia dove era approdato ferito ma sorridente per il mucchio di ricci raccolti in quel mare che frequentavano entrambi fin da bambini.

La sequenza che si concludeva con lei che lo medicava e con quel primo bacio, l'unico che avesse mai dato a una donna che non era sua mamma, si replicava di notte in notte sempre uguale.

«Deve essere arrivata molto presto stamattina per concludere un lavoro simile» riprese Keita, ignaro dei patimenti segreti del padre. Continuava a pensare al lavoro stupefacente di Yui, alla sua tenacia nonostante quel corpo così mingherlino. Il ragno che con la sua bava aveva protetto Bell Gardia era lei.

«Ora che ci penso, hai notato la macchina parcheggiata davanti al giardino?» e nel concludere la frase Keita si accorse finalmente di ciò che fin dal primo momento gli aveva fatto apparire insolita l'intera situazione: Yui era sola, non c'era Takeshi con lei.

Faticò a descrivere al padre quella sensazione, come di qualcosa che era possibile eppure gli appariva sbagliata, un po' fuori fuoco.

«Viene sempre insieme a un uomo, Fujita-san» disse. «Non credo di aver mai visto lei senza di lui o lui senza di lei. È strano, fanno il viaggio insieme in macchina da Tōkyō, ogni volta.»

«Da Tōkyō? Ma è lontanissimo!» esclamò con enorme sorpresa il padre di Keita. Cercò sul volto di Yui i segni della capitale, di quella città che ingurgitava tutto il Giappone e dove anche lui, durante i quattro anni dell'università, aveva abitato, provando a fasi alterne gioia e irritazione per il mare di gente che incontrava per strada.

Iniziò a frugare nelle tasche di Yui, con il pudore che si prova a toccare il corpo di una donna che non ci è familiare. Preso dalla concitazione, non aveva pensato a cercare il cellulare. «Dobbiamo avvertire quell'uomo, assolutamente. Conosci il numero?»

«Forse Suzuki-san, ma io no. E Suzuki-san adesso è in ospedale, ricordi? Quindi non saprei.»

«Addosso non ha nulla, la borsa è rimasta probabilmente in macchina insieme ai documenti. Bisogna tornare a recuperarla.»

«Tornerò a prenderla io. Dopo però, mentre la visitano all'ospedale.»

«Sei sicuro piuttosto che non ci fosse anche lui a Bell Gardia?»

«No, perlomeno non nel giardino, altrimenti l'avrei visto. Altrove per Kujira-yama non so. Bisogna chiamarlo presto per assicurarsi anche di quello.»

10

La sensazione che provò Keita quel giorno
e faticò a descrivere al padre
(1) – che curiosamente assomigliava
alla percezione che Yui aveva della nostalgia
– e i casi in cui la provava più forte (2):

(1) «Come di qualcosa che non è perfettamente allineato eppure diritto, qualcosa che magari vedi e ti sembra anche giusto, ma resta sempre un po' fuori fuoco, un po' più a destra o a sinistra di dove stai guardando. Qualcosa che in teoria è giusto, eppure continua a parerti sbagliato.»

(2) «Quando qualcuno, fumando, lascia cadere a terra il mozzicone. Ogni Capodanno da quando è morta mia madre e il sapore dell'*o-seichi ryōri* è buono, buonissimo pure, ma diverso. Quando mia sorella si struscia il rossetto sulla bocca prima di uscire e pare una donna. Ogni volta che qualcuno di noi rientra in casa e non si sente mamma dire *okaerinasai.*»

11

Takeshi si accorse con ritardo della scomparsa di Yui.

Da giorni parlavano con apprensione dello stato di salute di Suzuki-san, dello scambio di email che avevano avuto con sua moglie. Non si riusciva a capire come stesse davvero, se si trattasse di un disturbo passeggero o di qualcosa di più.

Takeshi aveva visto Yui sinceramente turbata all'idea che Bell Gardia fosse irraggiungibile, che qualcuno cui magari sarebbe servito, non potesse andarci.

Bell Gardia salvava la vita, bisognava fosse accessibile, sempre – ripeteva Yui.

I seminari che si organizzavano a Bell Gardia però avevano quello scopo, no? – replicava Takeshi – di rendere le persone indipendenti dal luogo, di svincolarle dal particolare. Se avessero imparato a distanziare l'idea dalla cosa, avrebbero potuto creare nel giardino della loro casa una cabina privata, magari una buca postale in cui infilare lettere senza indirizzo.

Erano le dieci della sera quando avevano acceso la tv. Lo avevano fatto solo per consultare le previsioni, per sapere il bucato domani, che tempo farà, meglio stendere fuori o all'interno, serve tirare fuori le scarpe di gomma di Hana, il tifone qui passerà marginalmente, lo hanno detto stamane.

Un uomo con un impermeabile indosso, in una mano un microfono giallo e l'altra impegnata a tenere il lembo del proprio cappuccio, illustrava a gesti e parole il tifone in arrivo, occupando il rettangolo a destra dello schermo; in quello a sinistra, da studio, un giornalista asciutto e dal sorriso stirato, puntava la bacchetta su un riquadro pieno di linee. Quella sola sovrapposizione, il corrispondente fradicio e il cronista impeccabile in studio, pareva una crudeltà.

«Chi proteggerà Bell Gardia?» aveva domandato Yui con voce nervosa.

Non sapendo bene cosa rispondere, Takeshi aveva accennato che, anche se il giardino avesse subito dei danni, poi lo si sarebbe riparato, che stesse tranquilla. Se lo dicevano sempre, no? Che anche fosse stato un altro telefono, una zona diversa, quel che contava era il simbolo e non la cosa.

Yui aveva fatto un gesto vago, sì lo capiva, eppure non pareva rasserenarsi. Takeshi aveva allora iniziato a imbastire discorsi sulla spesa da fare, sulla fissazione assurda della madre per i tappetini con cui si riempiva la casa, gli zerbini a fiori in soggiorno e quelli a righine in bagno. Si era messo poi a sparecchiare, elencando i prossimi turni all'ospedale, le indiscrezioni sul nuovo primario che sarebbe subentrato da aprile.

Poi, mentre Yui componeva il *bentō* per Hana e lui le era alle spalle, era venuta fuori quella frase esplosiva.

Non le aveva detto esattamente cosa amasse di lei, visto che di Yui lui amava tantissime cose – non era unicamente per Hana, che certo era una parte importante, ma individuava in quel sentimento tracce che portavano a lei solamente. L'impostazione sempre pratica dei suoi discorsi, ad esempio, quel modo sensuale di ravviarsi i capelli, come buttasse via un'onda; la maniera che aveva di accompagnare con entrambe le mani porte e scansie, l'essere perennemente misurata nel tono di voce.

Benché avesse sempre amato nella sua vita donne molto in carne e con addosso una naturale allegria, ritrovava nella silhouette asciutta di Yui, nelle linee tutte in evidenza della sua ossatura, come una cartina. Guardare il suo corpo, specialmente in estate, era sapere le ossa, imparare dove un pezzo si interrompeva in favore di un altro, la vena dove partiva e dove si congiungeva ad un'altra.

E tuttavia le aveva detto banalmente che la amava, ripetendo ossessivamente quella sola parola: *suki*.

Non aveva forse sbagliato?

Lei aveva sorriso, ma senza lasciare indizi su quanto provava, e lui aveva temuto la resistenza di chi si è abituato allo sbraco dell'amo, alla riluttanza alla gioia che arriva quasi sempre dopo un lutto importante. Si era tuttavia rifiutato di essere pessimista. No, più ci ragionava più si diceva che serviva avere fiducia. L'amore è una cosa che convince, alla lunga.

Si era addormentato così, rimuginando sull'opportunità di mostrarsi sicuro la mattina seguente, magari posandole una mano sulle piccole dita e consegnandole la contentezza di saperla ancora insieme per colazione. Sarebbe stato bello se fosse accaduto ogni giorno.

12

Dettagli di scena della dichiarazione di Takeshi a Yui

In sottofondo scorrevano i titoli di coda di *In the mood of love* (2000) del regista Wong Kar-wai, uno dei tre film preferiti di Yui. La prima parola di Takeshi cadde esattamente quando sullo schermo comparvero i credits per la fotografia.

Takeshi indossava un jeans morbido di Uniqlo e una maglia nera con sopra Dart Fener. Yui indossava una tuta con sopra il faccione di Rilakkuma, dono di Hana per il suo compleanno.

Entrambi erano scalzi.

Nota 1: il compleanno di Yui cadeva il ventitré giugno.
Nota 2: *Star Wars* era la saga preferita di Takeshi.
Nota 3: la maglia a Takeshi non l'aveva regalata nessuno, se l'era comprata da solo.

13

Molte ore più tardi, all'ospedale fu Shio, il giovane uomo che si portava sempre dietro la Bibbia, che li riconobbe e li riunì. Era da un pezzo che non lo si vedeva a Bell Gardia, e Takeshi e Yui si erano domandati se per caso, nei discorsi con Suzuki-san, non fosse trapelato qualcosa e che fosse per quel qualcosa che Shio li stava evitando. Le rassicurazioni di Suzuki-san non li avevano convinti fino in fondo. Conoscevano entrambi il timore di chiamare su di sé la pietà altrui e la ritenevano una sensazione deprimente, peggiore persino del dispiacere che si potesse provare in prima persona.

Nei mesi Shio, semplicemente, aveva iniziato a vedere suo padre cambiare. Come la cosa stesse evolvendo esattamente non lo avrebbe saputo dire. Appassiva, sembrava. E più il genitore dava segni di cedimento, più lui era determinato a guardare quella cosa finire. Non lo perdeva di vista un momento, voleva essere presente quando fosse successo.

Gli era venuta dalla sera alla mattina una febbre molto tenace che saliva e scendeva. Nessuno si era azzardato a chiamare un dottore. Lui stesso lo aveva ribadito, che se urlava, lo lasciassero fare. Shio era d'accordo: serviva guardare cosa decideva la vita.

L'uomo aveva delirato per una settimana, e l'impressione più straordinaria che tutti ne avevano ricavato era che quel corpo, che si era incanutito e gonfiato dopo il disastro, fosse ancora capace di buttare fuori una voce così cristallina, di quei timbri che sovrastano il mare e chiamano a raccolta le onde.

Di giorno scambiava le tende di casa per le vele di una nave, la porta scorrevole del *fusuma* per un lato della cabina di guida della sua vecchia barca. Le zie entravano nella stanza avvolta nella penombra per portargli il vassoio su cui adagiavano un pasto frugale. Lui però non lo voleva e se prima la sua giornata si riduceva a contemplare le ore e a mangiare, ora si asciugava sempre di più. «Si sta suicidando, deve mangiare qualcosa o morirà di fame» sussurravano cupe le donne, quando di sera andavano a recuperare il vassoio pieno del cibo invecchiato di un giorno.

Ma poi era arrivato il tifone, il vento aveva alzato un baccano infernale, e un vaso aveva sfondato la finestrella del bagno causando enorme scompiglio.

«Tornano i morti» gridava, e tutti in casa si erano tappati le orecchie, che faceva paura sentire una cosa così.

Fuori tutto cigolava, strideva, pareva il canto stonato di un'orchestrina di passaggio, che a mano a mano che si allontana si storce nella melodia.

Allo scoppio del vetro anche della porta di ingresso, e al viavai di passi concitati per respingere quel vento della malora e i rami e il fango, il padre di Shio si era alzato ed era andato a vedere cosa accadeva. Abituati a ignorarlo, nessuno si era accorto che l'uomo aveva ripreso a vedere (vedere, davvero) quanto aveva davanti.

Se il diluvio universale della *Genesi* lo aveva spezzato, questo nuovo diluvio era come il battesimo del *Nuovo Testamento* che invece di farlo morire lo aveva svegliato.

Il padre di Shio iniziò a piangere forte, si raggomitolò come un gatto e continuò a sussultare. Piangeva con tutto il corpo, gli occhi, la schiena, la gola, e non lo si sentiva così da quando Shio era bambino e moriva sua madre, che per lui era come l'albero maestro che veniva giù.

«Piange ancora» disse in direzione di Takeshi e di Yui. «Non lo riesce a fermare nessuno, e continua a scusarsi, ma sta molto meglio, si vede.»

Yui era sdraiata sul letto, con una ampia fasciatura intorno al capo e cerotti sulle braccia che fuoriuscivano dalle lenzuola. A guardarla così, placida e allegra, l'ospedale sembrava una casa privata; Takeshi, in piedi al suo fianco, l'ospite invitato a prendere il tè.

«Il primario ha detto che servirà giusto fare accertamenti di natura neurologica, ma mi è parso piuttosto ottimista» riprese Shio guardando gli amici di un tempo.

Aveva addosso un'euforia che continuava da ore, precisamente da quando si era seduto sul letto del padre e si era piegato sul suo petto per auscultarlo. L'uomo aveva cercato di stare il più possibile fermo, ma non aveva tuttavia resistito alla tentazione di allungare i palmi verso le guance del figlio. Come vedendolo per la prima volta da anni, aveva sussurrato: «Ma che bravo che sei!». Shio si era sbrigato a riabbottonargli la maglia per non farsi vedere, ma gli erano scese lacrime piccine che aveva schiacciato sbattendo veloce le ciglia.

«Bene, benissimo! Che magnifica notizia, Shio!» esclamò con trasporto Takeshi.

Per via del tifone ci aveva impiegato un giorno ad arrivare, ma Yui intanto si era svegliata e aveva recitato a memoria la sua data di nascita e il numero di telefono di Takeshi. Aveva chiesto in che condizioni fosse Bell Gardia e Keita l'aveva rassicurata: nell'arco di un paio di giorni sarebbe tornato tutto a posto.

Takeshi era morto di paura quando era arrivata la telefonata di Keita. Non riusciva ancora a capacitarsi che si fosse risolto in quel modo. La fortuna, pensava, la doveva aver consumata tutta di botto.

Poco prima che la macchina di Keita con a bordo suo padre e Yui giungesse nella piazzola del Pronto Soccorso, il tifone si dileguò nell'oceano. Dopo un primo squarcio che mostrò come al di là della spessa coltre, si nascondesse in realtà una distesa infinita di azzurro, dal cielo continuò a cadere copiosa la luce, e questa allargò di minuto in minuto la falla. Fu infine giorno.

I bambini, resi irrequieti dalle tante ore trascorse dentro casa, si affacciarono alla finestra e videro le nuvole scappare altissime verso oriente.

La migrazione sarebbe durata per ore e le temperature si sarebbero sollevate di colpo. L'aria si sarebbe riempita di umidità.

Al ritorno da scuola, ignara del pericolo che aveva corso Yui, Hana scrisse al padre che a Tōkyō sembrava tornata l'estate, i fuochi dell'*o-bon*. Takeshi le rispose che lì era lo stesso: oltre i davanzali, nel giardino che circondava l'ospedale, le ultime cicale riprendevano il loro canto assordante.

Il giorno dopo, poco prima che Yui fosse dimessa e si rimettessero in viaggio, vennero a trovarli Keita e suo padre. Premurosi nei gesti, si informarono minuziosamente sulle condizioni di salute di Yui. In prima linea nel suo salvataggio, si sentivano in dovere e in diritto di sapere meglio degli altri.

Con loro c'era anche Naoko, la sorella di Keita, una giovane donna dal volto caparbio e la mascella in tensione che non si lasciò scappare una parola. Il padre non fece l'errore di scusarsi per lei né di stimolarla alla parola, e questo rese l'atmosfera più sciolta.

Poco dopo arrivò anche Shio, con quel suo volto diverso, incorniciato nel camice bianco che gli svolazzava come ali sui fianchi. «Eccoci qui» esclamò e il plurale si snodò davanti ai loro occhi nella persona di Suzuki-san, che si affacciò subito dietro di lui, seguito dal profilo raccolto della moglie.

Si alzò istintivo un coro di sorpresa e apprensione: «Suzuki-san!», «Come sta Suzuki-san?», «Ma non dovrebbe stare a riposo?».

Stava bene, benissimo, era stato un piccolo malore, niente di grave. Avevano avuto paura fosse una malattia molto più grave, ma le analisi avevano fugato ogni dubbio. «Solo un grande spavento, veramente» assicurò.

La moglie, accanto a lui, si era a lungo scusata con Yui e con tutti, per averli fatti così preoccupare. Era emotiva, quella comunicazione scritta di fretta e pubblicata sul sito avrebbe necessitato di più tempo e più cura. Non era pratica di quelle cose, e purtroppo aveva sbagliato.

Lo ribadì, incapace di ricacciare l'emozione. Il marito le cinse le spalle in una stretta vigorosa ma lei continuava a inchinarsi e a ripetere *gomennasai* e *mōshiwakearimasen deshita* «scusate» «vi prego di perdonarmi».

Non c'era bisogno di scusarsi, davvero, la interruppe

Takeshi, Yui era talmente affezionata a quel luogo che probabilmente sarebbe partita comunque.

«È proprio così, sono stata un'incosciente. Lei non c'entra niente, glielo assicuro» aveva aggiunto Yui avvicinandosi alla donna.

«Al solo pensiero che potesse accadere qualcosa a Bell Gardia, al Telefono del Vento e a tutto ciò che in questi anni avete costruito per noi, sono come impazzita. Scusatemi tutti!» disse allargando l'inchino alla involontaria platea.

A lei, che non osava più dire niente al futuro, il futuro era tornato davanti, aveva concluso. Ecco qual era la magia di Bell Gardia.

A quella constatazione avevano tutti annuito commossi, fatta eccezione per la sorella di Keita che, imbarazzata dallo strano clima che non comprendeva fino in fondo, aveva rivolto lo sguardo fuori dalla finestra, dove ormai imperversava il sereno.

«Anche lui» disse il padre rivolgendosi a Keita, «non programmava più nulla, e io gli dicevo che era strano, che alla sua età tutta la vita è al futuro.» Il ragazzo annuì ma si capì che avrebbe preferito cambiare argomento.

«Siamo tutti, ognuno a modo suo, affezionati a Bell Gardia» intervenne Shio. «In queste ultime quarantotto ore sono arrivate centinaia di email di persone che hanno visitato il giardino ed erano preoccupate per il tifone. Per rispondere impiegheremo dei giorni.»

L'ennesimo *noi* sottinteso, questa volta abbracciava tutti quanti erano nella stanza. Piena com'era, pareva ridotta nelle dimensioni.

Passando davanti, la gente lanciava occhiate curiose a quell'assembramento di voci. Poco dopo si affacciò anche un'infermiera per salutare la partenza di Yui e, con un accenno garbato, invitò tutti a lasciare la stanza.

«Siamo davvero troppi» disse scherzando Suzuki-san. «O qualcuno si decide a stappare una bottiglia di champagne e organizziamo una festa, oppure è il caso che ce ne andiamo di qua.»

14

Breve scambio che Yui e Takeshi ebbero in macchina a proposito della sorella di Keita

«Mi è sembrata una ragazza tranquilla.»

«Era imbarazzatissima, piuttosto.»

«Non ti pareva tranquilla?»

«Se sia tranquilla è difficile dirlo. A quell'età sono indecifrabili i ragazzi, tranne che quando sono tra loro.»

«Gli adolescenti mi paiono tutti l'incarnazione di quel principio surrealista... aspetta.»

«Quale?»

«Aspetta, non ricordo. Era qualcosa tipo: "soltanto ciò che è stupefacente è bello".»

«Nel senso di estremo?»

«Sì, tutto o bianco o nero, bellissimo o disgustoso. Quell'età è così, senza mezze misure.»

«E tu com'eri da adolescente?»

«Come tutti gli altri: senza mezze misure.»

«Chissà Hana come sarà da adolescente...»

«Come tutti gli altri: senza mezze misure.»

15

Shio accompagnò gli amici all'uscita, ne scrutò i diversi profili nel viavai di pazienti, infermieri e barelle. Seguì la mano destra di Takeshi alleggerire della borsa Yui, con la sinistra stringerle invece le dita; vide la sorella di Keita, Naoko, indicare le ultime nubi, ormai rallentate nel cielo; agitò la mano verso Suzuki-san e sua moglie e la ripose sul fianco negli intervalli delle porte automatiche che si aprivano e chiudevano davanti a lui.

«Amici?» gli chiese da dietro un'infermiera con cui spesso Shio si trovava a pranzare.

«Sì, persone con cui ho molte cose in comune.»

«Che bello» si limitò a chiosare lei. «Hai finito qua? Mi fai compagnia in mensa?»

Shio annuì e mentre camminava accanto alla ragazza sfilò dalla tasca *Giobbe*.

Anche all'ospedale tutti sapevano della sua ossessione per la Bibbia. Proprio quella infermiera, dopo un primo momento di incredulità («Ma sei cristiano quindi? No? E allora perché leggi la Bibbia?») gli aveva fornito l'idea di acquistarne una nuova, separata in agili volumetti, in modo da potersela portare appresso ovunque. Così, dopo averla letta interamente, ora Shio la apriva a caso, come in attesa di una rivelazione.

«Cosa dice oggi la tua Bibbia?» gli domandò calma, varcando la porta della mensa. «Qualche rivelazione anche per me?».

Non lo scherniva, domandava soltanto. Era convinta anche lei che le parole, quelle che si sentivano o leggevano (non per forza nella Bibbia ma ovunque), venivano alle persone per caso, ma non senza un intento.

Lei del resto ammetteva candidamente di leggere voracemente tutti gli oroscopi che le capitavano sottomano, anche se non ci credeva, e le due cose (le previsioni e la Bibbia) non le parevano poi molto diverse.

«Allora, hai trovato qualcosa di bello?»

«Vediamo un po'» mormorò Shio pensieroso. La giovane donna intanto posò la borsetta su un angolo della lunga fila di tavole e sgabelli.

«Ecco!» esclamò Shio. «Senti qua.»

E subito lesse: «"A me fu recata, furtiva, una parola / e il mio orecchio ne percepì il lieve sussurro"».

«Uhm, bello» commentò la ragazza. «Forse però un po' troppo poetica per me.»

E mentre, nella sua divisa rosa pallido, lei si dirigeva nuovamente all'ingresso della mensa per scrutare il menù, Shio si accorse per la prima volta che Vento, in quel libro, era una parola importante. Era l'abisso primordiale, era ciò che aveva portato le cavallette in Egitto, ma anche quello che, risospinto sul Mar Rosso, ne aveva separato le acque. Ricordò nel *Primo Libro dei Re* l'incontro di Elia con il Signore, l'attesa del suo passaggio sul Monte Oreb, e il vento che...

«Cosa hai scelto?» lo interruppe l'infermiera guardando

il volto assorto di Shio. «Meglio affidarsi al curry quando si è indecisi, si va sul sicuro» aggiunse, circospetta.

La ragazza aveva già afferrato il vassoio, le bacchette e due piattini delle insalate e si dirigeva a rapidi passi verso il banco del curry.

Fermo, nel bel mezzo della mensa dell'ospedale, Shio sperimentava intanto la propria rivelazione: non c'era alcun dubbio, era stato il Telefono del Vento a richiamare suo padre, a farlo tornare da lui. Tutto quel fiato speso per il genitore, tutti quegli anni in cui nel respiro lo aveva evocato come un'entità, Dio lo aveva incanalato e messo in serbo per lui.

Così sicuramente accadeva a ogni persona che saliva sulla Montagna della Balena, che superava la valle buia di Ōtsuchi; così succedeva a chiunque s'arrampicava fino al giardino ventoso di Bell Gardia.

Era un atto di pura fiducia alzare la cornetta, far sciacquare le dita nei dieci piccoli fori, e nonostante il silenzio che si divaricava, parlare. Ecco, la chiave era proprio la fiducia!

«Shio, vieni! Che si fredda il curry e poi fa schifo!» disse l'infermiera posandogli il vassoio tra le mani. «Scegli, su! Veloce! Mi finisce la pausa pranzo, oltretutto.»

«Va bene, scusa, anch'io prendo il curry» rispose il ragazzo, sfilando la tessera della mensa e la carta prepagata.

Il Vento era il soffio di Dio, pensò mentre posava il piatto fumante davanti a sé.

«Ecco il cucchiaio, lo dimentichi sempre.»

«È vero.»

Itadakimasu!

Itadakimasu!

E mentre entrambi giungevano i palmi piegando la testa, Shio pensò che no, il vento non era il soffio di Dio.

Il Vento *era* Dio.

16

Il passaggio dal Primo Libro dei Re *che avrebbe citato Shio se la sua amica non lo avesse interrotto*

«Ci fu un vento impetuoso e gagliardo da spaccare i monti e spezzare le rocce davanti al Signore, ma il Signore non era nel vento. Dopo il vento, un terremoto, ma il Signore non era nel terremoto. Dopo il terremoto, un fuoco, il sussurro di una brezza leggera. Come l'udì, Elia si coprì il volto con il mantello, uscì e si fermò all'ingresso della caverna.

Ed ecco, venne a lui una voce che gli diceva: "Che cosa fai qui, Elia?"» (*1Re* 19,11-13).

17

La vita tornò a Tōkyō, in due righe.

Takeshi, come preso da una smania di definizione, cercò di riassumere le due righe in una soltanto: si sarebbero sposati, avrebbero vissuto sotto lo stesso tetto. Lui, Yui e Hana.

A Yui ufficialmente non lo domandò, e non perché gli mancasse il garbo o la fermezza, ma perché dopo tutto quel che c'era stato tra loro, gli sembrava la conclusione più ovvia. Tutto spingeva là.

Quando una domenica pomeriggio Takeshi le disse che maggio sarebbe stato un bel mese per la festa di nozze, Yui trasalì. Cercò di non darlo a vedere, neppure quando lui le domandò più o meno a quanti invitati pensava, o se preferisse la cerimonia in stile giapponese o occidentale.

Yui restò vaga, accennò al fatto che registrare i nomi al Comune e fare una piccola festa sarebbe stato sufficiente per lei. Stare al centro dell'attenzione la metteva a disagio.

Nel domandarsi il perché di quel discorso iniziato, non dal principio, bensì già da metà, Yui avvertiva la responsabilità di una dimenticanza. Si persuase che la domanda le fosse stata rivolta in precedenza, e che lei, banalmente, in quel momento fosse distratta. Fu certa di aver detto di sì.

Del resto era un sì, di questo era convinta. Eppure d'improvviso tutto correva e lei arrancava.

Dalla reazione di Hana, che entrò in soggiorno mentre ancora il discorso era in corso e colse brandelli di frasi, capì che si trattava a tutti gli effetti di una grande notizia. La bambina si precipitò ad abbracciarla e quello, più ancora del gesto di Takeshi di sfogliare il calendario in cucina e con un pennarello rosso tracciare un cerchio sulla prima settimana di maggio, la spaventò.

Fu da quel momento che sentì, più che una gioia, un disagio. Una imprecisata paura.

Takeshi le telefonò di prima mattina, aveva urgenza di sentirla per accordarsi sulla sera. Se è un cinema che sia un film di animazione, se è una cena che sia *okonomi-yaki*, le mani in pasta, le palette in aria e quei papponi di riso e farina che tanto piacevano a Hana.

Tuttavia il cosa mangiare era un dettaglio, perché da giorni Yui gli appariva sfuggente e quello sgusciare di misura dalle sue braccia, il posizionare sempre in un *dopo* la conversazione (qualunque fosse il tema), iniziavano a impensierirlo.

Due giorni prima, diretti a Ginza dove dovevano ordinare le fedi, le aveva toccato la spalla salendo in metropolitana e aveva avuto la netta impressione che Yui si fosse ritratta. Quella stessa sera, accennando a un mal di testa, era sgattaiolata via prima della fiaba per Hana. E così anche la sera successiva.

Intuiva che qualcosa accadeva, ma di qualunque cosa

si fosse trattato era altrettanto chiaro che Yui non voleva parlarne.

Takeshi giustificava quella improvvisa ritrosia col fatto che anche per le cose belle serviva del tempo. Non c'era sottrazione o aggiunta che non richiedesse un lavoro di aggiustamento nel corpo. Il matrimonio si avvicinava, il trasloco, l'impacchettamento e lo spacchettamento della vecchia vita.

Il lutto, gli aveva detto una volta Yui, è come qualcosa che si mangia ogni giorno, un panino fatto a piccoli pezzi e ingurgitato con calma. Oggi l'orecchio del pane, il granello rimasto di riso, domani il giallo spaccato del limone. La digestione era lenta.

La gioia quindi, pensava Takeshi, non doveva essere una cosa poi tanto diversa.

La telefonata giunse che Yui era già in radio, in sala regia. La sera prima, durante la diretta, aveva sentito un fischio fastidioso in cuffia, ma era troppo tardi e tutti avevano deciso comunque di tornare a casa. Ora però serviva appurare la causa, sfilando e infilando i jack, calibrando i volumi, verificando da dove provenisse quello sgradevole fischio.

Il tecnico, chino sul pannello tappezzato di leve, comandi, schermi e pulsanti, sembrava vicino alla soluzione. «Questo cavo è usurato, va cambiato. Riproviamo di nuovo.»

Yui annuì e si spostò ancora in sala registrazione. Era la settima volta e iniziava a essere stanca.

«Adesso? Prova a parlare.»

«Prova prova prova.»

«Come va ora?»

«Non sento più niente!» replicò sollevata. «Finalmente... pare risolto.»

Rientrando, il cellulare riprese a vibrare.

«Se devi rispondere, fai pure, io scendo a parlare con la contabilità», disse il tecnico adocchiando lo schermo che lampeggiava sul piano della regia. «Mi allontano un momento.» Yui fece per controbattere qualcosa ma quello era già uscito spedito, con un fascicolo in mano.

Per quanto discreta come Yui aveva richiesto, si preparava una festa di nozze, i nomi trascritti ufficialmente sulla stessa facciata del foglio al Comune, le seggiole pieghevoli su cui immaginarsi vicini per sempre, un buffet in un ristorante italiano che affittava il locale per occasioni così.

Forse a Takeshi serviva sapere se aveva chiesto ai colleghi delle allergie alimentari, se il vestito di Hana era pronto, se erano arrivati i documenti necessari dal suo Comune di nascita. Se era triste per qualcosa, perché.

Eppure a Yui tutte le domande che riceveva parevano una soltanto, ripetuta e ostinata, camuffata sotto ogni altra: "Sei pronta Yui? Sei *davvero* pronta?".

Il telefono rilasciò un ultimo trillo, poi si placò. Seguì la notifica di un messaggio, quindi di nuovo ammutolì.

Lesse: «Ti aspettiamo per le 19. Hana dice che vuole mangiare ancora *okonomi-yaki*. Che dici? A dopo comunque!».

Lo rilesse: "Yui, sei pronta? Sei *davvero* pronta a noi?".

Da almeno tre giorni, nei momenti meno opportuni, le si parava davanti l'immagine della ragazzina cresciuta in cui, presumibilmente, si sarebbe trasformata un giorno Hana.

Capelli più fitti e più lunghi, annodati in una coda aggressiva. La vedeva attraversare la porta di casa, senza annunciare il ritorno, lasciando cadere il borsone a terra, all'ingresso, e la casa che rimbombava di colpo. Le vedeva addosso la divisa del liceo, le gambe che faticava a immaginare meno sottili di allora, ma tant'è. Erano di certo muscolose, perché probabilmente faceva tennis o lacrosse.

«Oggi come è andata?» domandava.

E Hana, brusca: «Sono stanca, non mi serve la cena».

E *bam*, porta della camera sbattuta e fine della giornata.

Poi cambio di scena.

Ora c'era Yui che, pur senza riuscire a vedersi, sapeva d'esser più anziana. Erano entrambe in cucina, lei che sciorinava il menù della cena (o forse il programma del weekend?), e Hana che aveva una smorfia di scorno sulla bocca, frasi di sprezzo per lei, proprio per lei che in origine non era famiglia. Aveva forse detto una parola sbagliata? L'aveva criticata? O magari le aveva negato qualcosa? Qualcosa a cui lei teneva?

Probabilmente non se la meritava tutta quella rabbia, ma era questione di ruoli. Quasi sempre lo era.

E poi di nuovo fondale che cambia, sipario che s'apre.

Adesso erano in un terzo luogo che non era né l'ingresso né la cucina. Si ritrovava sulle labbra la tiritera dei compiti, studia, vacci piano con i ragazzi, che una volta che lo fai poi è per tutta la vita, fidati non te lo dimentichi più, e questa gonna, Hana, troppo arrotolata alla vita (tutte le ragazzine lo fanno, anche Hana di certo lo farà), e questo rossetto troppo rosso spalmato sulla bocca, è volgare, non è adatto alla tua età.

Sulla soglia della sua stanza, alla fine, inseguendola mentre lei si divincolava: «Hana, esci? Con chi?».

«E a te, Yui? Che te ne frega?»

«Sono tua madre e...»

«Non sei mia madre, non ti devo nulla.»

La verità era che: (uno) anche ad essere Akiko non sarebbe cambiato comunque nulla, (due) non si sarebbe mai azzardata a mettersi addosso quella parola. La terrorizzava almeno quanto l'idea che le potesse venir nuovamente sottratta.

Ecco, da giorni si immaginava Hana adolescente, in lotta con loro, con Takeshi e soprattutto con lei, scene slacciate che vedevano Hana impegnata in quella guerra a priori che era farsi adulta. Era faticoso per tutti, genitori e figli, figuriamoci quanto sarebbe stato gravoso per Yui.

Già quando era rimasta incinta della sua bambina, ricordava di essersi domandata come l'avrebbe potuta affrontare da adolescente. La spaventava a morte quella fase della vita e ricordava di averlo accennato alla ginecologa mentre, alla dodicesima settimana di gravidanza, le esplorava la pancia. E la dottoressa, guardando il minuscolo esserino sulla schermata, e la faccia sgomenta di Yui, si era fatta una grossa risata.

Il tecnico in quel momento rientrò nella cabina di regia: «Che faccia scura, Yui-san. Tutto bene?».

O invece no, magari c'era da avere paura di una cosa tutta diversa. Del contrario magari: Hana tanto remissiva da rendere l'adolescenza una promessa non mantenuta. O peggio, un'occasione sprecata. Si sarebbe censurata perché Yui non era sua madre? E se avesse trattenuto quel lato tutto ribellione e accusa che era invece fondamentale a quell'età?

Questo, di nuovo, sarebbe stato tremendo e sarebbe stata tutta colpa sua, di Yui che in fondo non era famiglia.

«Senti, facciamo un'ultima prova?» disse rivolgendosi al tecnico, brusca. «Quel fischio durante la diretta di ieri mi ha reso nervosa.»

Nella settimana che seguì, ovunque le tornavano in mente quelle scene. Alla cassa quando doveva pagare un cespo di lattuga e un grappolo d'uva, in fila per il bagno in stazione, mentre premeva il pass all'ingresso dell'edificio della radio. L'assillava la sensazione più o meno costante d'essere incapace di amare Hana per bene, soprattutto in quei frangenti di tempesta.

Ecco, ecco cos'era, si disse una mattina davanti allo specchio, mentre si ispezionava la faccia. Il punto non era sposarsi, e neppure lasciare la casa. Il punto era diventare la madre di Hana.

Ricordava di averci messo almeno tre mesi a sentirsi innamorata di sua figlia. E l'aveva partorita lei, aveva avuto nove mesi per abituarsi all'idea. Figuriamoci cosa sarebbe successo con una creatura che non era sua, nella inevitabile fase in cui ti veniva contro come un ariete.

Tutta concentrata nell'ansia di essere o non essere amata a sufficienza, Yui capì d'aver tralasciato il lato più attivo della faccenda.

Era in grado di amare Hana? Sarebbe stata capace di raggiungere quel livello di imprudenza? Sgridarla? Dirle «ora falla finita»?

18

Le due cose peggiori che Yui pensò in quei ventitré giorni

L'amore c'era, ma non le faceva niente. Figuriamoci se poteva salvare le persone.

L'amore non rassettava un giardino né metteva in ordine in casa. Era una cosa che non serviva poi a molto.

Ripescando i ricordi migliori di sua figlia, d'istinto si pentì d'essere stata felice. O di non esserlo stato abbastanza.

19

Mancavano meno di due mesi alle nozze.

Si avvicinava l'ennesimo 11 marzo. Anniversari sempre più blandi, la ferita da cui si grattava via la crosta con l'unghia per capire se si era rimarginata o ancora no.

Mentre camminava verso l'entrata di Tōkyō-eki, Yui guardava pulsare sullo schermo il numero di Takeshi e di Hana.

Vogliono parlare con me, ma io non ho nulla da dire, pensava. In fondo da dire c'è sempre almeno una cosa, e invece io non ho voglia di condividere nulla.

Nelle ultime settimane era stata sfuggente, stava preparando alla radio un nuovo programma di cui aveva la conduzione e la cura, diceva. Appena fosse finito e fossero andate in onda le prime due o tre puntate, sarebbe tornata alla normalità.

Yui urtò una donna, *mi scusi* sussurrò, la distrazione la rendeva sgarbata. Evitò di alzare il volto e guardarla negli occhi, accelerò. Quando si spalancarono le portiere della Linea Chūō, si fermò nella fila di destra. Il treno tracimò persone, se ne ficcò in bocca delle altre. Anche lei salì.

«A breve arriveremo alla stazione di Kanda. Kanda.

L’uscita è alla vostra destra» recitò la voce registrata. Tono ordinato, parole ordinate. Prima in giapponese, poi in inglese.

Yui tagliò la carrozza da lato a lato per non intralciare il passaggio della folla.

Mentre il treno ondeggiava e, arrivando in stazione, smorzava la corsa, Yui rifletté per l’ennesima volta sul fatto che se fosse diventata la moglie di Takeshi, Hana avrebbe avuto come madre lei, e lei soltanto.

Nessun altro avrà diritto a quel nome. Sei sicura ti spetti?

Yui era umorale, tendeva un po’ alla tristezza, come fosse stata concepita inclinata e scivolare fosse parte della sua natura.

Era adatta a una creatura sensibile come Hana? Non rischiava di contagiarla con quella sua subdola malinconia?

Sullo schermo del cellulare, l’anteprima del messaggio mostrava un orsetto con la bocca a D messa a rovescio. Tra le braccia esibiva un vassoio: *Vieni a cena da noi?* le proponeva.

Hana adorava gli adesivi di Line e aveva un debole per quella serie degli orsi. Lo sticker doveva averlo scelto lei. Da grande, diceva talvolta, avrebbe voluto crearne di originali. Esisteva un lavoro così?

«A breve arriveremo alla stazione di Ochanomizu. Ochanomizu. L’uscita è alla vostra destra.»

Non meritavano la sua fuga. Yui scese dal treno convinta che quella cosa andasse risolta alla svelta.

Yui si prese due settimane di tempo. Takeshi, pur senza saperlo, gliele accordò.

Hana chiedeva, non sospettava Yui stesse attraversando un momento di crisi profonda e che quella crisi fosse dovuta a lei. O perlomeno a una lei che ancora non esisteva e che, per giunta, non si sapeva neppure se ci sarebbe mai stata.

In teoria, Yui doveva recarsi a ritirare il certificato di nascita, farselo ristampare. In pratica, quel documento le era arrivato per posta da giorni e riposava in una cartellina tra una montagna di altre scartoffie in cucina.

Quando non sapeva cosa fare, Yui era solita non fare nulla. In quella occasione, però, conscia che il tempo fosse una cosa preziosa e soprattutto che, al pari di una soluzione chimica, se dosato male, fosse in grado di sciupare irreversibilmente ogni cosa, non esitò.

Senza darsi il tempo di cambiare idea, prese il telefono e lo chiamò.

«Suzuki-san, posso venire a trovarvi?» chiese dopo un brevissimo giro di parole.

«Yui-san, tu sei sempre la benvenuta» rispose il guardiano, che già dal tono aveva intuito che dovesse essere successo qualcosa.

«Pensavo a un giorno o due.»

«Puoi stare tutto il tempo che vuoi.»

Yui non prese la macchina ma il treno quella volta. Voleva le mani sgombre e, se serviva, anche chiudere gli occhi e dormire.

Prima di salire sullo *shinkansen*, passò al *kombini* per i soliti *onigiri* e la cioccolata, e per caso vide una donna intenta a far fotocopie. Le tornò in mente l'entusiasmo di sua figlia per la macchina fotocopiatrice del Lawson o del Family Mart. La bambina una volta aveva scoperto che, per ingannare l'attesa mentre la carta veniva stampata, lo schermo proponeva piccoli giochi di concentrazione. Immagini quasi gemelle, di cui serviva tuttavia scovare cinque differenze. Insomma: tutto uguale, tranne che per...?

Tipo, due conigli che inforcavano un cestino di carote:

maniche a righine bianche e blu *contro* maniche a righine bianche e verdi;

un fiocchetto rosso sul lato destro del cestino *contro* fiocchetto sul lato sinistro;

cielo sereno *contro* cielo con nuvola in mezzo;

quattro carote *contro* cinque carote;

tre bottoni sulla blusa *contro* la stessa blusa, ma con un bottone di più.

Sulla strada per Bell Gardia, la Bossanova in cuffia e in grembo un giornale che neppure sfogliò, Yui pensò a cinque differenze che intercorrevano tra sua figlia e Hana.

Dopo essersi forzata per mesi di rigettare il confronto, e forse proprio grazie alle crepe che da giorni le si aprivano addosso, si concesse la normalità di pensarlo. Che le bambine fossero diverse e simili insieme. Che l'amore forse non escludeva che di ognuna si potessero apprezzare cose diverse.

Anzi, accadde che riuscire a individuare non cinque bensì decine di differenze tra loro, anziché turbare Yui, la rassicurò.

Yui non disse a nessuno dove era diretta e tutti ebbero la delicatezza di non fare domande. A Hana fu riferito che era tornata al paese per raccogliere dei documenti importanti e che in quel luogo il cellulare non prendeva. La bambina si lasciò ingannare: a convincerla non furono le parole ma l'espressione ansiosa del padre.

Quando Yui tornò a Tōkyō, dopo tre giorni in cui si era isolata completamente e non aveva dato neppure notizie di sé, pareva star meglio.

Dove fosse andata non lo avrebbe raccontato a nessuno, neppure a Takeshi e neppure dopo le nozze.

Era semplicissima la verità: Suzuki-san le aveva messo a disposizione una stanzetta al piano di sopra, e lei, come una figlia tornata a casa già grande, si era lasciata viziare. Aveva dormito senza programmare la sveglia, mangiato solo pietanze golose, chiacchierato più del futuro che l'aspettava che del passato che l'aveva portata lì la prima volta.

Per sdebitarsi fece piccole cose: tenne la scala mentre la vicina potava i suoi meli, pulì lo scolo del tetto, riverniciò la cabina del Telefono del Vento, pelò carote e patate, mescolò salse, rifece l'orlo a un grembiule e richiuse uno strappo su un paio di pantaloni da lavoro.

A Suzuki-san e a sua moglie non disse nulla della paura di diventare madre di Hana. La descrisse invece nei particolari, raccontando di come con l'inizio della scuola la bambina stesse crescendo rapidamente, delle due amiche inseparabili che già si era fatta, dei numerosi talenti che possedeva e serviva stimolare con il giusto entusiasmo.

Il giorno in cui era previsto ripartisse per Tōkyō, chiese un'ora per sé. Pioveva. Lasciò all'ingresso le borse ed entrò nella cabina.

Alzò la cornetta del Telefono del Vento.

Per la prima volta parlò.

20

Il gioco delle 5 differenze applicato da Yui a Hana e a sua figlia

Differenza numero 1: *le unghie.*

Hana si mangiava le unghie: era pochissimo il bianco che rimaneva dopo una giornata di scuola, parevano un fiordo. Sua figlia invece pretendeva lo smalto: così piccola e già molto esigente, reclamava vernici azzurre o violette su ognuna delle microscopiche dita.

Differenza numero 2: *la fame.*

Hana non mangiava. Era magra come Yui che era troppo magra, da sempre. Per età, diceva Takeshi, non per costituzione. La madre di Hana infatti era robusta, amava la carne intorno alle ossa, pigliava persino i vestiti più larghi perché prevedeva senza difficoltà una misura cresciuta, una L che poteva travasare in una XL. Forse Hana avrebbe preso da lei, chi poteva dirlo. Bisognava aspettare lo sviluppo, il dieci negli anni.

Sua figlia mangiava invece con gusto eccezionale; era magra, anche lei, ma lei sì, per costituzione. «Ho fame» si lamentava in continuazione, «ho tantisssssssima fame.» E conclusa la colazione o la cena, fin da quando si reggeva in piedi (dodici mesi? tredici forse?) sgambettava verso il frigorifero, con la manina tirava la porta, e poi imperiosa bucava lo spazio bianco ordinando in aggiunta: «Biscotto! Yogurt! Carota!».

DIFFERENZA NUMERO 3: *la voce e il canto.*

Hana non cantava, la musica pareva però farla cadere in uno stato di grazia. «Se mai canterà» pensava Yui, «sarà molto intonata.»

Sua figlia era un fascio di corde, e ognuna pareva svincolata nella melodia dalle altre. Sulla base di poche parole, però, inventava dei testi, modulava frasi insensate, e pareva fermamente convinta d'aver messo su una banda meravigliosa. «Senti mamma» esordiva, e giù una scarica di vocali e parole comuni. Quanto rideva.

DIFFERENZA NUMERO 4: *catalogare e giocare*

Sua figlia riuniva le cose per colore. I blocchi, i libri, i pupazzi, si ritrovavano tutti insieme naturalmente solo perché bianchi, viola o blu.

Hana ne guardava solo l'utilità. Le cose le lasciava là. In apparenza non catalogava nulla. In segreto, chissà.

DIFFERENZA NUMERO 5: *la gestualità*

Sua figlia era un vero maschiaccio.

Hana era in assoluto la bambina più femminile che Yui avesse mai incontrato.

21

A Yui e Takeshi veniva spesso la curiosità di sapere cosa accadeva *dopo*, come andavano a finire le storie. Parlottando a lungo tra loro, con quel tono basso, pieno di suoni minori, che precedeva la notte e la mano che spegneva sul comodino la luce, ripercorrevano le fisionomie di giovani e anziani, abiti estivi, treccine, gonfi cappotti e altri dettagli delle persone che avevano visto alzare la cornetta nella cabina di Bell Gardia.

Yui ricordava soprattutto con tenerezza le mani dei bambini che aveva visto tendersi con urgenza verso il telefono come fusti affamati di luce.

Elencavano uomini o donne scossi dal lutto del proprio consorte, alcuni che negli anni si erano tuttavia anche risposati, come Takeshi. E poi c'erano gli amanti lasciati indietro ad amare, anziani accartocciati che cercavano figli perduti per ogni sorta di ragione, oppure fratelli meno longevi di loro.

Lì dove mancava un finale, Yui e Takeshi confezionavano per quelle persone futuri scintillanti, la garanzia che la vita li avesse in qualche modo ripagati. Augurare loro il meglio era il massimo che potessero fare.

Eppure, certi altri legami, li avrebbero curati coscientemente per sempre. Keita, per dire. Da quando il ragazzo si era trasferito a Tōkyō per frequentare la Tōdai, capitava che andasse da loro a cenare e che, nelle occasioni sempre più rare in cui Yui e Takeshi riuscivano a recarsi a Bell Gardia, si unisse a loro, per godere del passaggio in compagnia e trascorrere così la giornata con la sorella e il padre, per andare al Telefono del Vento e raccontare i suoi successi alla madre.

Nessuno invece aveva saputo più nulla di quel padre che aveva perso il figlio nel tifone, e Takeshi se ne dispiaceva. Rammentava la lunga confessione dell'uomo nella saletta della casa di Suzuki-san, e sentiva fosse stato proprio grazie alla schiettezza delle sue parole che quella sera, tornando in macchina verso Tōkyō, si era dipanato tra lui e Yui uno dei dialoghi più intensi che ricordava di avere avuto con lei.

Un giorno di due anni dopo, correndo trafelata verso un'intervista in un caffè a Ginza, Yui avrebbe trovato un suo segno. Sugli scaffali della piccola libreria indipendente dove veniva esibito ogni mese un solo volume, Yui avrebbe letto, in lettere d'oro: *L'età in cui non si muore*.

Nonostante il ritardo e la concitazione, il titolo l'avrebbe tirata per gli occhi. Si sarebbe fermata e, una volta capito che sì, quel volume era stato scritto proprio dall'uomo che lei e Takeshi avevano incontrato anni prima a Bell Gardia, lo avrebbe acquistato.

La sera, insieme al marito, Yui ne avrebbe sfogliato le pagine, consapevole delle segrete corrispondenze, dei richiami e delle simmetrie che il mondo dei vivi intratteneva con quello dei morti.

«Senti qui» avrebbe detto a Takeshi.

Leggendo la dedica scarna (*a Keigo, da papà*), si sarebbero commossi entrambi. Niente più recriminazioni, niente più *baka*. Chissà, si chiesero, se quel dialogo differito nel sogno, continuava ancora.

Quando telefonarono a Suzuki-san per riferirglielo, il guardiano fu sollevato. Non lo si vedeva a Bell Gardia già da qualche anno, ma chiaramente aveva trovato il proprio modo di parlare col figlio. In fondo era quanto ci si augurava per tutti, che un posto dove curare il dolore e rimarginarsi la vita ognuno se lo fabbricasse da sé, in un luogo che ognuno individuava diverso.

22

Indirizzo della libreria di Tōkyō
dove Yui passò quel giorno

Morioka Shoten & Co
1-28-15 Ginza, Chūō-ku, Tōkyō
1st floor, Suzuki Building

Epilogo

Yui in radio adesso teneva due programmi diurni. Aveva rinunciato a lavorare la sera, perché amava cenare in famiglia. Con Takeshi e con Hana ripercorrevano la giornata e, dopo le nozze, prese a unirsi con più frequenza anche la madre di lui.

Yui avrebbe giudicato moleste certe domande a raffica con cui la suocera la accoglieva quando rientrava e considerò, proprio come Akiko, eccessiva la sua logorrea. Eppure non gliel'avrebbe fatta pesare. Le sarebbe stata grata piuttosto, perché Yui, a parlare fuori dallo studio di registrazione, non era da tempo più brava. Amava stare in silenzio, sul bordo della casa, con la prospettiva di quel grumo di calore e bellezza che era nel centro, Hana e Takeshi, lei stessa, nelle scene quotidiane che si snodavano tutte uguali in soggiorno, in cucina o nella stanza da letto.

Quando ritrovava su quei volti amati, cedimento e stanchezza, li accarezzava persino con più piacere. Yui adorava i volti affaticati e sbattuti ma quelli a cui lo diceva, o non le credevano o la prendevano come una falsa lusinga. Sembrava una dichiarazione sottintesa: "sembri stanco, ma non sei brutto così". C'era persino chi si infastidiva.

Eppure Yui era sincera, i volti stanchi erano i più affascinanti per lei. Talvolta si domandava se non fosse stato anche grazie agli incontri a Shibuya alle quattro della mattina, al volto stravolto dal sonno, che si era innamorata così di Takeshi.

Il suo nuovo bambino, quello che un giorno sarebbe gemmato dentro di lei, lo stesso che quel primo giorno a Bell Gardia Yui non avrebbe neppure lontanamente immaginato, lo avrebbe scoperto solo da grande, che sua madre amava la fragilità. L'aveva vista nuda, precisa come una definizione del vocabolario, nelle persone intorno a lei.

Era accaduto durante quel mese consecutivo che aveva trascorso, con l'anima a pezzi, in una palestra aggrappata alla montagna, con vista sul mare. Non un mare qualsiasi, ma un oceano avanzato e poi arretrato sulla terra.

La fragilità Yui l'aveva conosciuta soprattutto dentro di sé, in ogni interstizio di quegli interminabili anni, dal marzo 2011, al giorno in cui aveva incontrato Takeshi, e infine a quello in cui avrebbe finalmente preso in mano la cornetta del Telefono del Vento e avrebbe parlato con sua madre e sua figlia.

Della propria friabilità, Yui non amava parlare. L'aveva però alla fine accettata e quello era stato il modo per ricominciare a prendersi cura di sé. La collegava alla parte più autentica di una persona, l'unica in grado di far sentire le persone vicine, partecipi delle vicende degli altri.

Se glielo avessero domandato adesso, sarebbe stata sicura. La vita consumava, col tempo creava innumerevoli crepe, fragilità. Erano però proprio queste a decidere la storia di ogni persona, a far venir voglia di andare avanti per vedere cosa sarebbe successo poco più in là.

Yui un giorno avrebbe pianto, e sarebbe stato insieme un battesimo e un funerale.

Sarebbe scesa alla stazione di Yokohama per portare Hana e il loro bimbetto di un anno a vedere il Museo di Anpan-man, e quello avrebbe avuto lo zainetto da *shinkansen* premuto sul dorso, quello verde smeraldo e rosa che serviva il Giappone del nord-est. In un momento, il piccolino avrebbe cercato di divincolarsi dalla stretta del padre, cui stava in braccio, per lanciarsi verso le scale mobili che adorava in discesa almeno quanto temeva in salita.

E mentre arrivava il treno nell'opposta direzione, colpendo d'una sferzata la banchina che si apprestavano tutti insieme a lasciare, il bambino avrebbe gridato «Mamma!», e l'avrebbe fatto con una tale chiarezza, da lasciare tutti di stucco.

Quel giorno, senza preavviso, le sarebbe stata restituita quella parola.

Sì, il figlio di Yui e Takeshi l'avrebbe chiamata per la prima volta.

Yui si sarebbe fermata, con la bottiglietta del tè in una mano e la manina di Hana nell'altra.

«Cosa? Cosa ha detto?» avrebbe domandato al marito, in terza persona, mentre una frotta di turisti cinesi li avvolgevano come una sciarpa.

«Ha detto *mamma*.»

Eccola l'ultima banalità sorprendente, la migliore di tutte.

Nella confusione della stazione, con la voce disciplinata che ripeteva le direzioni, gli arrivi, i minuti di sosta e le uscite, si sarebbero fermati tutti quanti, intuendone l'importanza.

Con l'unico braccio libero, stringendo in una posa acrobatica il figlio, Takeshi avrebbe accolto anche Yui. E sarebbe stato un contagio, proprio come diceva sua madre. Perché Hana avrebbe colto di quella parola il potere, e anche lei avrebbe detto mamma, «Mamma», *Mama* e lo avrebbe ripetuto eccitata, come una formula magica che rallegra gli adulti e rende euforici i bimbi.

Dopo averla chiamata per anni «Yui» o «Yui-chan», arrivava «Mamma» e di lì in poi le tre parole si sarebbero sempre alternate senza un preciso motivo.

Ecco come nasceva la gioia. Era in una parola restituita, che sempre le avrebbe ricordato il prima, e avrebbe cementificato il dopo. Come quel vento che veniva a crearsi lì, proprio lì, tra i due treni che scivolavano nella stazione di Yokohama e ripartivano svelti, accorrendo in una direzione e precipitandosi in quella opposta.

Tutto tornava, bastava chiamarlo con il giusto nome.

Era possibile che nel perimetro di una stessa parola potessero convivere sentimenti tanto diversi? Si poteva usarla in un senso, senza che l'altro si trascinasse dietro come una coda?

No, probabilmente non si poteva, così come era impossibile evitare di far mangiare a Hana cioccolata senza che si inzaccherasse tutta, o che il loro bambino imparasse a camminare senza procurarsi una quantità esorbitante di contusioni.

Bisognava renderla forte quella parola, farne un nome con cui essere ripetutamente chiamata, anche trenta volte in un'ora.

Yui comprese che l'infelicità aveva sopra le ditate della gioia. Che dentro di noi teniamo premute le impronte delle persone che ci hanno insegnato ad amare, a essere ugualmente felici e infelici. Quelle pochissime persone che ci spiegano come distinguere i sentimenti, e come individuare le zone ibride che ci fanno anche soffrire, ma che ci rendono diversi. Speciali e diversi.

Glielo avrebbe confermato anche Takeshi, quella sera e per tutti gli anni a venire:

«Più vado avanti, più me ne convinco» disse. «Che siamo tutti fermi al tempo della prima parola.»

Le prime parole di Yui al Telefono del Vento

Pronto?
Sono Yui.
Mamma, sono Yui.

Le seconde parole di Yui al Telefono del Vento

Pronto?
Sachiko?
Sono qui, sono mamma.

Glossario

azuki: varietà di fagioli piccoli e di colore rosso bruno, ingrediente base della pasticceria giapponese, da cui si ricava la marmella *an*.

boshi techō: abbreviazione del termine *boshi kenkō techō* con cui si fa riferimento al libretto sanitario di maternità su cui si registrano le varie fasi della gravidanza, lo sviluppo del nascituro, le vaccinazioni etc.

butsudan: altare casalingo proprio del culto buddhista tramite cui si onorano i propri antenati.

chirashi-zushi: tipo di sushi pieno di ingredienti a base soprattutto di verdure, pesce e molluschi, listarelle di frittata etc. adagiati sopra a una torta di riso, tipico della festività di *Hina-matsuri*, la Festa delle Bambine che si celebra ogni 3 di marzo.

chōchin: lanterne fabbricate, secondo la tradizione, con telai di bambù e fogli di carta di riso su cui si dipingono a mano disegni e fantasie.

choco: "cioccolato" in giapponese.

dango-mushi: crostaceo terrestre il cui nome scientifico è *Armadillidium volgare.* Prolifica in ambienti umidi e ha la caratteristica di appallottolarsi quando avverte una situazione di pericolo.

ema: tavolette votive di legno, decorate, che si attaccano in un luogo predisposto all'interno del santuario e su cui si scrive una preghiera o si porge un ringraziamento per un desiderio che si è avverato.

furikake: frammenti di cibo, confezionati perlopiù in bustine e barattoli, che vengono sparsi sul riso bianco per insaporirlo.

fusuma: pannelli verticali di forma rettangolare, scorrevoli e rimovibili, che separano gli spazi all'interno delle abitazioni tradizionali giapponesi.

gomennasai: "mi dispiace", "scusa" o "scusi" in giapponese.

hōjicha: varietà di tè verde giapponese.

kanji: caratteri ideografici di origine cinese che insieme allo *hiragana* e al *katakana* costituiscono il sistema di scrittura della lingua giapponese.

kazoku: "famiglia" in giapponese.

kendō: arte marziale giapponese.

kigo: parole ed espressioni che evocano specifiche caratteristiche stagionali nella poesia giapponese.

kombini: convenience store aperti 24h su 24h, 365 giorni l'anno.

Line: l'applicazione di messaggistica istantanea più usata in Giappone.

mochi: pasta di riso che viene cotta al vapore e pestata fino a renderla elastica. Ingrediente base di molte pietanze della cucina giapponese e di buona parte dei dolci tradizionali.

momiji: acero giapponese le cui foglie in autunno si tingono di un rosso intenso.

mōshiwakearimasen deshita: formula del giapponese formale per chiedere perdono.

nagatsuki: letteralmente "*mese delle lunghe notti*" è una delle antiche denominazioni del mese di novembre secondo l'antico calendario lunare.

nyan nyan: onomatopea del verso del gatto, corrispondente all'italiano "miao miao".

obi: fascia per *kimono*, di tessuto rigido e spesso, che viene stretta alta in vita.

o-bon: celebrazione estiva di impostazione buddhista per commemorare i defunti.

o-hagi: dolce tradizionale della pasticceria giapponese fatto di riso stracotto ricoperto di confettura di fagioli zuccherati.

ohayō-gozaimasu: saluto che si rivolge la mattina e quando ci si incontra all'inizio della giornata, contratto, nella lingua informale, in *ohayō*.

okaerinasai: formula con cui si dà il bentornato a qualcuno che fa ritorno al luogo in cui si trova il parlante. D'abitudine la si pronuncia in corrispondenza con *tadaima*, espressione con cui chi torna, annuncia a sua volta il proprio arrivo.

omiyage: "dono, souvenir" in giapponese.

o-seichi ryōri: cibo tipico del Capodanno giapponese, costituito da numerose pietanze dalle forme, colori e simbologie specifici.

otsukaresama-deshita: formula con cui si ringrazia qualcuno del lavoro svolto e si saluta prima di tornare a casa alla fine di una giornata o una sessione di lavoro collettivo o individuale.

miko: diaconessa, giovane donna in servizio nei santuari scintoisti.

sembei: cracker di riso di varie forme, dimensioni e sapori. I *sembei* sono solitamente salati ma se ne trovano anche versioni dolci.

shichi-go-san: festa che si tiene nei santuari shintoisti il 15 novembre per celebrare la crescita dei bambini di tre e cinque anni e delle bambine di tre e sette anni.

shio: "sale" in giapponese.

sukiyaki: piatto a base di carne di manzo, tōfu, porri e verdure varie arrostite insieme alla salsa di soia e consumate direttamente.

Tōdai: abbreviazione del nome della celebre Università di Tōkyō.

torii: portale posto all'ingresso dei santuari shintoisti.

Libri di riferimento

Foenkinos, David, *La délicatesse*, Gallimard, Paris 2009.

Itaru, Sasaki, *Kaze no denwa: daishinsai kara 6 nen, kaze no denwa wo tooshite mieru koto*, Kazama Shobō, Tōkyō 2017.

Itaru, Sasaki e Yuriko Yanaga, *Kaze no denwa to gurīfukea: kokoro ni yorisou kea ni tuite*, Kazama Shobō, Tōkyō 2018.

La Sacra Bibbia, Edimedia, Firenze 2015 (nella traduzione a cura della conferenza Episcopale Italiana).

Una nota importante

Il Telefono del Vento non è una meta turistica.

Non cercatelo sulla mappa. Non allungate il passo fino a Kujira-yama a meno che non abbiate intenzione di alzare la cornetta di quel pesante apparecchio e di parlare con chi avete perso.

Al collo non portate una macchina fotografica, non sfoderate il cellulare, tenete invece vicino il vostro cuore. Accarezzatelo mentre procedete lungo il viottolo che vi porta alla cabina, rassicuratelo. Si schiuderà.

Ci sono luoghi della terra che è importante continuino a esistere, al di là di noi e del nostro farne esperienza. Come la foresta Amazzonica, Selinunte, o le sculture dell'Isola di Pasqua, che devono perdurare sia che un giorno le visiteremo sia che non lo faremo mai. Uno di quei luoghi è il Telefono del Vento.

Io stessa ho avuto profonde remore ad andarci. Mi sono giustificata per anni dicendo che era per via del lavoro, della distanza da Tōkyō, della difficoltà di raggiungere quella zona ferita dal disastro del 2011, o ancora per via delle gravidanze, poi dell'allattamento, dei bimbi piccini. La verità era che temevo di rubare qualcosa, di sottrarre tempo e disponibilità a qualcuno che ne aveva più bisogno di me.

E tuttavia, scrivendo questo libro, ho capito quanto importante fosse raccontare la speranza, come il compito della letteratura sia quello di suggerire nuovi modi di stare al mondo, di allacciare la dimensione di *qua* a quella di *là*.

Il Telefono del Vento è principalmente questo, per me, una metafora che suggerisce quanto prezioso sia tenersi stretta la gioia almeno quanto il dolore. Come anche di fronte alle sottrazioni che la vita ci impone, possiamo aprirci alle tante addizioni che ci offre.

Sasaki Itaru gestisce da solo, con sua moglie, il giardino di Bell Gardia. Chi vuole sostenere l'esistenza di questo luogo meraviglioso, la fondazione benefica che fa capo al Telefono del Vento - e che organizza annualmente molteplici attività per il sostegno del territorio e delle persone che lo abitano - basta che consulti la pagina ufficiale *http://bell-gardia.jp/about_en.*

I dettagli del fondo per le donazioni sono scritti lì.

Ringraziamenti

Questo libro è nato grazie a quel luogo meraviglioso che è il Telefono del Vento e a Sasaki Itaru che lo ha concepito e generosamente condiviso con chi ne sentiva e tuttora ne sente il bisogno. La figura del guardiano di questo romanzo è solo liberamente ispirata a lui, così come l'ambientazione di Bell Gardia è frutto di una percezione inevitabilmente personale. Sospetto che quel luogo, proprio per la sua intrinseca spiritualità, risulti diverso per chiunque lo visiti.

Ho scelto tuttavia di mantenere il nome del giardino per omaggiare l'impegno indefesso e il grande cuore dei coniugi Sasaki, e come augurio che Bell Gardia si scolpisca nella memoria comune come uno dei luoghi di resilienza più intensi del mondo.

Bell Gardia è stato trasformato in un posto magico, profondamente intriso di spiritualità, dalle persone che lo hanno visitato negli anni. La sua leggenda è a tutti gli effetti il prodotto di una amplissima comunità di singoli e di famiglie che hanno fatto esperienza di un lutto. Anche a loro, pertanto, va la mia riconoscenza.

Questo romanzo deve moltissimo, per la forma che è venuto assumendo, a Cristina Banella e Laura Sammartino, amiche amatissime. Laura, grazie del titolo! E poi a Maria Cristina Guerra, instancabile, sempre vicina, che ci ha creduto fin dal primo momento, e a Francesca Lang, la cui fiducia così manifesta ogni volta mi commuove. Un ringraziamento speciale va a Laura Buonocore che ne ha comprese le trame profonde e a Pina, che gli ha fatto tante carezze. Diego, anche a te, grazie di cuore!

Nell'alfabeto degli affetti la mia famiglia c'è sempre. Finalmente tutta. Dalle radici alla punta. E un pensiero speciale va a Mario di Giulia. Al ricordo luminoso di Franca. Per l'amore che, quando intenso così, è destinato a restare.

Se non fosse stato per i miei adorati suoceri, Yōko e Yōsuke Imai, non avrei mai trovato il tempo di scrivere questo romanzo. Il mio debito di riconoscenza per voi è infinito.

Grazie a Ikegami Sakura, Matsubara Ayumi e Kyōko Fukawa, per l'atmosfera di un luogo comune eppure privato, dove ho potuto scrivere questo romanzo per un numero incalcolabile di ore. Per lo stesso fondamentale motivo, un grazie sincero a Kawase Reiko, Miura Yuki, Saitō Momoko, Shimamoto Terumi. E soprattutto a Sasakawa Nanoka, per i documenti preziosi che mi ha fornito sullo tsunami che ha colpito nel 2011 la sua comunità.

È cosa rara poter ringraziare chi ha contribuito a portare all'estero un libro ma *Quel che affidiamo al vento* ha goduto di una attenzione straordinaria mesi prima della sua uscita. Per questo voglio esprimere la mia profonda riconoscenza a Luisa Rovetta e a tutto lo straordinario staff della Grandi&Associati. Grazie a Cristina De Stefano, Viktoria von Schirach, Caterina Zaccaroni, Tomaso Bianciardi e tantissimi altri, che lo hanno preso per mano e portato in giro per il mondo.

All'indomani del disastro del Tōhoku, il mondo si è tutto concentrato sull'incidente nucleare di Fukushima e sulle sue implicazioni politiche e ambientali.

Questo libro non vi fa volutamente riferimento ed è invece dedicato alle vittime dello tsunami dell'11 marzo 2011.

Stampato presso Grafica Veneta S.p.A.
Via Malcanton, 2 – Trebaseleghe (PD)